今野敏

BIN KONNO

台北アセット

公安外事・倉島警部補

TAIPEI ASSET

文藝春秋

台北アセット

カバー写真：Kittikom Nimitpara/Moment：ゲッティイメージズ提供
Weiquan Lin/Moment：ゲッティイメージズ提供
装丁：征矢武

1

西本《にしもと》が戻ってくる。

倉島達夫《くらしまたつお》警部補は、その知らせを上田晴信《うえだはるのぶ》係長から受けた。

倉島は、警視庁公安部外事一課第五係に所属している。上田警部はその係長だ。

同じ係の白崎敬《しらさきたかし》警部補が、倉島の席に近づいてきて言った。

「西本のこと聞いたか?」

「はい。係長から……」

「俺はよく知らんが、ゼロの講習というのは、相当にきついんだろう?」

「きついというか……。全国の公安マンの中から選ばれた者たちが集まりますからね。特別な雰囲気があります」

ゼロは、警察庁警備局警備企画課の中にある係だ。伝統的に「第四係」と呼ばれることもあるがそれは稀で、通常はゼロあるいはチヨダと呼ばれている。全国の公安警察の元締めだ。

西本芳彦《よしひこ》も、倉島らと同じ係で、ゼロの研修に選抜されたのだった。

倉島もその研修の経験者だが、白崎は違う。選抜される基準は倉島にもわからない。ただ、年齢や経歴が関係しているようだ。

すでに白崎は四十代の後半だし、長いこと刑事畑にいた。公安の経験がそれほど豊かとは言えない。そして、白崎は刑事畑に戻ることを希望しているのではないかと、倉島は思っていた。

「倉島も、ゼロの講習で一皮むけたんだよな」

「どうでしょうか」

「そうだよ。今じゃ立派なもんだ。なんせ、作業班だからな」

公安において、「作業」というのは特別な意味を持つ。有り体に言えば諜報活動のことだ。

日本には、アメリカのＣＩＡ（中央情報局）やロシアのＦＳＢ（連邦保安庁）、ＳＶＲ（対外情報庁）といった諜報機関がない。

内閣官房に国家安全保障局や情報調査室があり、防衛省に情報本部があるが、海外のエージェントのようなヒューミント（人的諜報活動）は期待できない。その役割を担っているのが、全国の公安警察なのだ。

その中でも、圧倒的な人数と実力を誇っているのが警視庁の公安部だ。

倉島は、外事一課に所属しながら、作業班の一員でもある。この作業班は、ゼロの直轄だ。

「たしかにゼロの研修は、公安マンとしての意識を高めてくれます」

「研修経験者は、裏理事官のことを、いつまでも『校長』と呼び続けるだろう？　それくらい強い結束が生まれるのだろうな」

警備局警備企画課には、理事官が二人いて、白崎が裏理事官と呼んだのは、ゼロを担当する理事官のことだ。

倉島はこたえた。

「その結束が、全国に及んでいるのです。それがゼロの研修の最大の効果かもしれません」

「とにかく、西本がどれくらい変わったのか、会うのが楽しみだな」

倉島は苦笑した。

「別に洗脳するわけじゃないので、人格が変わるわけじゃないですよ」

白崎は肩をすくめて、倉島の席を離れていった。


その日の午後に、西本が第五係に姿を見せた。

白崎がその西本に言った。

「よお。久しぶりだな。元気そうじゃないか」

西本は笑顔でこたえた。

「いやあ、ようやく帰ってこられました」

倉島は言った。

「これから、ばりばり働いてもらわないとな」

「もちろんですよ」

西本が快活に言う。「自分も作業班に入れるように努力しなくちゃ」

倉島は思わず周囲を見回した。あまり大きな声で「作業班」などと言うべきではないと思った。

公安の中でも、作業班は特別な位置づけだ。それに憧れている者もいれば、妬《ねた》んでいる者もいる。一口に公安マンと言っても、その思いはそれぞれなのだ。

「じゃあ、自分は係長に、原隊復帰の報告をしてきます」

そう言って彼はその場を去っていった。

白崎が再び近づいてきて言った。

「あいつ、やっぱり感じが変わったね」

「そうですか？」

「あんなにしゃべるやつじゃなかった」

「そう言われてみれば、そうかもしれませんね」

たしかに白崎が言うとおり、西本はもっと斜《しゃ》に構えた男だった。皮肉な物言いが多く、口数は少なめだった。

「妙に明るいのが気になる」

倉島は苦笑した。

「戻ってこられてうれしいんでしょう。研修が終わった解放感もあるでしょうし」

「それだけかな……」

白崎は言った。「本当に、ゼロの研修で洗脳はしないんだろうな？」

「しません」

西本が係長席から戻り、自分の席に落ち着いた。それを見た白崎も自分の席に戻る。

ゼロ帰りの西本のおかげで、外事一課第五係が戦力アップするのは間違いないと、倉島は期待していた。

オペレーションもなく、倉島は新聞や雑誌に眼を通して情報収集をしていた。こうした一般に公開されている情報を集めることも立派な諜報活動だ。

専門用語ではオシントという。オープンソースインテリジェンスの略だ。普通の人が読み飛ばす記事でも、他の記事とつなぎ合わせることで、本当の意味が見えてくることがある。

重要なのは収集したものを分析する能力だ。さらにオシントを蓄積することで情報分析の能力を伸ばすことができる。

白崎も急ぎの仕事はない様子だ。

夕刻になると、倉島は白崎に言った。

「西本の復帰祝いでもやりませんか？」

「それはいいね」

西本が言う。

「本当ですか。いやあ、それはうれしいなあ」

臆面もなくこういうことを言うやつではなかったなと思いながら、倉島は言った。

「じゃあ、適当な飲み屋に出かけよう」

すると、西本が言った。

「あ、自分が店を予約します」

「いや、おまえの復帰祝いなんだ。自分でそんなことをする必要はない」

「自分がやりますよ。任せてください」

すでに西本は携帯電話を取り出していた。

その様子を見て、白崎が言った。

「ずいぶんと気配りができるようになったな。たった一年で、変わるもんだ」

西本はやる気を前面に出している。それは悪いことではない。

西本が言った。

「赤坂ですが、いいですか？」

白崎がこたえた。

「ああ。どこだっていいさ」

「自分がタクシー代を持ちます」

倉島はあきれたように言った。

「だから、おまえのお祝いだと言ってるだろう」

「いいんです。任せてください」

警視庁本部を出ると、三人はタクシーに乗り、赤坂に向かった。西本が、倉島たちを案内したのは、ビルの二階にある小さな店だった。

目立たない看板しか出ていない、隠れ家的な店だ。

西本が言う。

「ここは和牛が売りなんですが、値段は手頃なんです」

料理も西本に任せた。彼はてきぱきと注文を済ませた。

ビールで乾杯をする。

白崎が言った。

「俺たちしか客がいないんだな……」

西本がこたえた。

「階下にカウンターがあって、そこには別の客もいるはずです。ここなら、どんな話をしてもだいじょうぶだと思いまして」

倉島はこたえた。

「食事をするだけだ。別に込み入った話をするつもりはない」

西本が笑顔でこたえる。

「でも、話がどんな流れになるかわからないでしょう。ここなら、安心です」

どんな場所でも安心ということはない。意外な場所に盗聴器やカメラが仕掛けられているものだ。

しかし、ゼロ帰りの西本が言うのだから、この店はだいじょうぶなのだろうと、倉島は思った。

西本は、よくしゃべった。自分がいなかった間の出来事を尋ね、倉島や白崎がこたえると、それにコメントした。

もしかしたら、ゼロの研修の内容について話しはじめるのではないかと、倉島は危惧《きぐ》していたが、さすがにそんなことはなかった。

そのうちに、西本がこんなことを言いはじめた。

「このところ、ロシアのサイバー攻撃が増えていますよね」

倉島はこたえた。

「そうか？　特に増えているというデータはないと思うが……」

「日本の製薬会社の台湾法人が、ロシアのハッカーからサイバー攻撃を受けたって話、ご存じですか？」

倉島と白崎は同時にうなずいた。

倉島は言った。

「もちろん知っている。新聞などで報道されたからな」

西本はさらに言う。

「製薬会社は攻撃に対してすでに対処したと言っていますが、本当にちゃんと片がついたのかどうかは疑問だと思います」

倉島はワインを味わいながら言った。

「別に、疑問に思う必要はないと思うが……」

倉島に同調するように、白崎が言う。

「それって、レビルの話だろう？　アメリカの要請を受けてＦＳＢがメンバーを検挙したじゃないか」

レビルとはハッカー集団のREvilのことだ。白崎が言うとおり、彼らはアメリカのＩＴ企業やパイプラインなどにサイバー攻撃をして、結局、ロシアのＦＳＢに十四人のメンバーが逮捕された。

白崎の言葉に対して西本は言った。

「おっしゃるとおりです。でも、それって、茶番だと思いませんか？」

白崎が聞き返す。

「茶番だって？」

「そうですよ。アメリカの要請を受けて、ＦＳＢが、はいそうですかと、捜査なんてするもんですか。逮捕は単なるポーズですよ。だって、レビルなんかのサイバー犯罪カルテルのバックにいるのが、ＦＳＢなわけですよね？」

倉島は言った。

「ハッカー集団は、ロシアの諜報機関の庇護を受けていると分析している専門家はたしかにいる。だが、確認されたわけじゃない」

「間違いありませんよ。ですから、製薬会社の台湾法人の件、調べてみる必要があるんじゃないですか？」

「やる気まんまんだな。だが、何をどう調べるんだ？　サイバー犯罪は、現地に行ったところで何もわからないぞ。犯罪がネットの世界で起きているんだからな」

「もちろんそうですが、実際にサイバー攻撃に対処したという担当者の話を聞くことも必要なんじゃないですか」

なぜ西本が、そのサイバー攻撃のことを気にするのか、よくわからなかった。

倉島の中ではすでに終わった問題だった。製薬会社は、ちゃんと対処できたし、他に被害はないと言明している。

そして、アメリカ企業を攻撃した罪で、ＦＳＢは間違いなくレビルのメンバーを逮捕したのだ。

西本のやる気が空回りしているのかもしれない。そう思って、倉島は苦笑しそうになった。

そこでふと考え直した。

後輩が提起した問題を、鼻で笑って無視したがために、痛い目にあった。それを思い出したのだ。

作業班となったことで増長し、もたらされた情報について高をくくっていたのだ。

あんなことを、二度と繰り返すわけにはいかない。

倉島は言った。

「担当者に話を聞いて、何がわかると思う?」

「具体的にどのような対処をして、被害を防いだのか、説明を聞きたいと思います。本当に被害を防げたのかどうか、確認する必要もあると思います」

「被害を防げたかどうか、確認する……?」

「そうです。ランサムウェア……。つまり、身代金を要求するためのコンピュータウイルスですが、レビルが使用しているのは、とても高度に暗号化されているらしいんです。ちょっとやそっとじゃ解除できないはずなんです」

「だが、犯人はロシアかどこかにいてパソコンを操っているだけだ。台湾に行っても、犯人を検挙できるわけじゃない」

「充分に調査さえできれば、アメリカみたいにFSBに頼る手もあります」

「逮捕劇は茶番だと言わなかったか?」

「そのうち茶番も通用しなくなるでしょう」

「ロシア当局に何かを頼むというのは望み薄だな。以前ならいざ知らず……」

かつて、日本とロシアの関係は、ほぼ良好だった。北方領土問題を抱えているものの、トータルではそれほど悪い関係ではなかった。

しかし、あるときからロシア軍が日本を仮想敵国とすることを決定した。近年の戦争がきっかけだったのだが、今でもその状況は変わっていない。

つまり、ロシアははっきりと日本と敵対することを決めたのだ。そのせいで、明らかにロシア人から直接情報を聞き出すことが難しくなった。

それで倉島が意気消沈したかというと、まったく逆だ。格段にやり甲斐を感じるようになった。インテリジェンスは敵国に対して仕掛けるものだ。ロシアが仮想敵国だと認識することで、やりやすくなった部分もある。

もはやロシア人たちの顔色をうかがう必要などないからだ。

とはいえ、昔から知っているロシア人たちに敵対心を持っているかというと、それは別問題だ。特に、日本国内でロシア人に会っている分には、何ら昔と変わらないのだ。

「とにかく」

西本が言った。「自分は、このサイバー攻撃の件が気になるのです」

倉島は言った。

「オペレーションを企画したいのか?」

西本が笑った。

「自分にその実力も資格もないことはよくわかっています。ですから、倉島さんにお話ししているんです」

倉島はうなずいた。

「わかった。ちょっと調べてみよう」

「お願いします」

白崎が尋ねた。

「サイバー攻撃や産業スパイは、俺たちの担当じゃないような気がするがね……」

西本が白崎に言う。

「たしかに、生安部（生活安全部）のサイバー犯罪対策課が担当かもしれません。でも、産業スパイは公安の仕事ですよ。サイバー犯罪対策課と協力すればいいんです」

白崎が気圧《けお》されたように言う。

「まあ、そうだな……」

食事が終わり、倉島はほろ酔い気分になっていた。

西本が「失礼します」と言って、トイレに立った。

すると、白崎が言った。

「やっぱり、あいつ、変わったな」

「明るくなりましたね。それに前向きです」

「そうだな。前はもっとひねくれていた。だから面白かったんだが……」

「やる気があるのは、いいことだと思います」

「そうかな……。俺は気になる」

倉島は驚いた。

「何が気になるんです？」

白崎はしばらく考えてから言った。

「人が変わるには何か理由があると思ってな……。いや、俺の考え過ぎかもしれない。気にしないでくれ」

西本が戻ってきて、その話は終わった。


翌日の朝、倉島は西本が言っていた生活安全部のサイバー犯罪対策課に連絡した。レビルについて、話を聞きたいと思ったのだ。

「外事一課？　何なの？」

「ロシア担当なんです。レビルって、ロシアのハッカー集団なんでしょう？」

「ああ……。それで、どんなことが知りたいんだ？」

「台湾で日本の会社がサイバー攻撃を受けたでしょう？　それについて、ちょっと聞きたいと思って……」

「ええと、折り返し連絡していい？」

「お願いします」

倉島は、正式な部署名を言って電話を切った。

三十分も経ってからようやく電話があった。先ほどとは別の相手だった。

「レビルについて知りたいということだけど……」

「ええ。お願いします」

「こっちに来てくれる？」

「すぐにうかがいます」

「すぐにって……、俺たちがどこにいるか知ってる？」

「生活安全部でしょう？　八階ですか？」

「本部庁舎じゃないよ。新橋だ」

倉島は思わず「あっ」と声を上げた。うっかりしていた。サイバー犯罪対策課は、新橋庁舎にあるのだ。地下鉄御成門《おなりもん》駅のそばだ。

「三十分以内に行きます」

倉島は担当者の名前を聞いて、電話を切った。

2

担当者は、第二サイバー犯罪捜査の第三係に所属する宇佐美喜一《うさみきいち》だ。まだ二十代に見えるが、実際はもっと上だろう。階級は巡査部長だということだ。

倉島は言った。

「階級があるということは、科学吏員とかじゃなくて、警察官なんですね？」

「そうだよ。あ、タメ口でいいからね。俺もそうするから……」

警察官という雰囲気ではなかった。それで、つい余計なことを言ってしまった。

「それで……？」

宇佐美が言った。「レビルについて調べてるの？」

「一般常識として知っておこうと思ってね」

「ふうん……。外事一課のロシア担当だって？」

「そう」

「最近起きた事件を気にしてるわけ？　例えば、レビルのメンバーがロシア当局に逮捕されたとか……」

「まあね」

「……あるいは、日本の製薬会社の台湾法人の件かな？」

倉島は宇佐美を見た。なかなか油断のならないやつらしい。こういう場合は、敵に回してはいけない。

「そのとおり。同じ係の者が、そのことを気にしているんだ。レビルの名前が出たんだけど、俺はよく知らなかった。それが悔しくてね」

「レビルは、ランサムウェアを使うハッカーグループだ。別名はソディノキビ。ロシア系だと言われているけど、はっきりわからない」

「はっきりわからない？　だって、ロシア国内でＦＳＢに逮捕されているんだろう？」

宇佐美は笑みを浮かべた。ばかにするような笑いだ。

「ロシアがアメリカに言われて逮捕したんだよ。本物かどうかわからないじゃないか」

西本も同じようなことを言っていた。

「じゃあ、逮捕されたのは本物のレビルのメンバーじゃないということか？」

「俺がＦＳＢだったら、本物は逮捕しないね。本物だったら、身分がばれちゃうじゃないか。自分たちがサイバー攻撃をやらせているのに……」

倉島はこの言い方に驚いた。

「ＦＳＢがレビルにサイバー攻撃をやらせているということか？」

宇佐美はまたさきほどと同じ笑いを浮かべた。

「公安のロシア担当なんだから、当然知ってるんでしょう？」

倉島は正直に言った。

「いや、知らない。係の者も同じようなことを言っていたが、俺はその根拠を知らないんだ」

「ネットの世界のみんなはそう思ってるな」

「ネットの世界のみんなというのは、ハッカーということか」

「ええ。まあ、そういうことだね」

「噂や憶測をそのまま信じることはできない」

「憶測なんかじゃなくて、専門家がそう分析してるんだけど」

「その話は聞いたことがあるが、その専門家というのはいったい何者なんだ？」

「サイバー関係の専門家」

「じゃあ、何か根拠があるんだろうな」

「アンノーンはロシア語しか使わない、とか……」

「アンノーン？」

「レビルのスポークスマンのような存在だよ。サイバー犯罪フォーラム上でアフィリエイターを募集したりするのは、彼なんだ。もっとも、ネット上に登場するだけで、実際どこにいるのかはわからないけど」

「アフィリエイター？」

「ああ……。ランサムウェアを広告なんかに仕込んで配布する人たちだよ。ターゲットから得た身代金などの収入は、レビルとアフィリエイターとで分配される」

「日本語を聞いている気がしないな。よく理解できないのは、俺の頭が悪いからかな」

「本当に頭の悪い人はそういう言い方をしないな。知ったかぶりをして、本当は何も理解できないんだ。そうやって、理解できないことを伝えてくれたほうが、こちらは説明の仕方を考えることができる」

「ランサムウェアというのは、身代金を取るためのコンピュータウイルスなんだろう?」

「そのとおり」

「なんで身代金を要求できるんだ?」

「たとえばさ、あなたのパソコンが突然使えなくなって、『元どおりにしてほしければ、お金を払え』なんてメッセージが出たら、どうする?」

「誰かパソコンに詳しい人に相談するだろうな」

「悪質なランサムウェアに感染したら、誰に相談しても無駄だ」

「じゃあ、金を払うしかないな」

「他人のパソコンから、データを盗み出す場合もある。企業の秘密情報なんかが手に入ったら、それは間違いなく金になる。公開されたくなかったら金を払え、というわけだ。実際、レビルは多くの有名企業の機密データを盗んでは、身代金を手にしているんだ」

「台湾の件は……?」

「日本の製薬会社の台湾法人がやられた。レビルはかなり頻繁に台湾の会社を狙っている。コンピュータ関連の企業が多いんだけどね」

「サイバー攻撃なのだから、被害にあった現地の会社を訪ねても意味がないよなあ……」

「そうだね。犯人は、おそらく海外からアクセスしているだろうからね。ただ……」

「ただ?」

「サイバー攻撃に対処した人たちがいるはずだ。彼らは、攻撃のことをよく知っているだろうし、どうやって対処したかを説明してくれると思う」

これも、西本が言っていたことと同じだ。

「どうもぴんとこない。それがサイバー犯罪の検挙につながるのか？」

「……つうか、それしか手がかりはないんだ。どんなに巧妙なハッカーも必ず痕跡を残す。専門家はそれを調べるんだ」

「それもよくわからない」

「あ、それはわからなくていいんだ。俺たちの仕事だからね」

倉島は礼を言って、新橋庁舎をあとにした。


本部庁舎に戻ると倉島は、上田係長のもとに行った。

「お耳に入れておきたいことがあるんですが……」

「何だ？」

「レビルのことです」

「レビル？」

「ランサムウェアでサイバー攻撃をするハッカー集団です」

「それがどうした？」

「日本の製薬会社の台湾法人をサイバー攻撃しました。それを、西本が気にしている様子でした」

「西本が気にしている？　だから何だと言うんだ」

「以前、公機捜（公安機動捜査隊）の片桐《かたぎり》が言っていることを無視して失敗したことがあるので、些細《ささい》なことでも報告すべきだと思いまして……」

上田係長は、しばらく倉島の顔を見つめていた。係長の表情はいつもあまり変わらない。この時もそうだった。

「それは、作業になる話か？」

「まだわかりません。すでに、その企業はサイバー攻撃に対処し終えているようですし、さらに被害が出ているという話は聞いておりません。ただ……」

「ただ？」

「レビルにはロシア政府が関与しているのではないかという分析もあるようなので、西本の懸念は正しいように思います」

上田係長はうなずいた。

「わかった。何か進展があれば、また知らせてくれ」

倉島は礼をして自分の席に戻った。

西本も白崎も出かけている。

公安では、他の部署と違って、隣席の係員が今どんな仕事をしているのか知らない、などと言われる。

それくらいに秘密主義が徹底しているし、それぞれの係員が、警備企画課からの直接の指示で動くことが多いからだ。

実際に今、西本や白崎がどこに出かけているのか、倉島は知らなかった。

パソコンを立ち上げて、書類仕事を始めた倉島は、ふと、上田係長の「それは、作業になる話か」という一言を思い出していた。

その可能性はあるだろうか。

作業になるとすれば、どのようなオペレーションになるのか。

もしそうなったら、西本にも何らかの役割を担わせないとならない。そう思った。


その翌日の午後一時頃のことだ。倉島は、上田係長に呼ばれた。

「公総課長が呼んでいる」

公安総務課長のことだ。

「すぐに向かいます」

「わかっていると思うが、一応言っておく。作業になったら、登庁するかどうか、どこで何をしているか、その他一切、私に報告する必要はない」

「了解しました」

上田係長は机上の書類に眼を戻した。話は終わりだということだ。

倉島は一礼して、公安総務課に向かった。

上田係長が言ったとおり、公安総務課長に呼ばれるということは、作業が始まる可能性がある。

作業を管理しているのは、警察庁の警備企画課だが、その指示はたいてい公安総務課長を通じて下される。

だから、公安総務課長はキャリアなのだ。

公安総務課の係員に「課長に呼ばれた」と告げると、決裁待ちの行列を飛び越えて課長室を訪ねるように言われた。

言われたとおりにすると、佐久良忍《さくらしのぶ》課長はすぐに人ばらいをした。

倉島は、課長席の前で直立した。佐久良課長は、上田係長に輪を掛けて表情がとぼしい。

「台北へ行ってください」

「タイペイ……？　台湾の台北ですか？」

「私は他に台北という地名を知りません」

「台北のどこに行けばよろしいのでしょう」

「警政署です」

「申し訳ありません。それが何のことかわかりません」

「台湾の警察組織の一つです。日本でいうと、警察庁に当たるのではないかと思います」

「承知しました。……で、その警政署に行って、何をすればよろしいのでしょう」

上司にもいろいろなタイプがいる。質問を許さず一方的に話をする人もいれば、会話することを好む人もいる。

だが、佐久良課長のようなタイプは珍しいと倉島は思う。こちらが質問しなければ、必要なことを聞き出せないのだ。それくらい言葉が少ない。

このやり方が極めて効果的だとわかったのは、実は最近のことだ。

佐久良課長と会って話をした後は、すべての事柄が完璧に頭に入っているのだ。課長は相手が質問するという積極的な状態を作っているのだ。

佐久良課長が質問にこたえた。

「公安捜査についての研修をするので、そのための教官を派遣してくれと言われました」

「警視庁がですか?」

「いや。もちろん警察庁に来た話です。だが、実動部隊は警視庁にいます」

「おっしゃるとおりです」

「細かなことは、先方が決めます。台湾側の求めに応じてくれればけっこうです」

いきなり台北へ行けと言われて戸惑った。それが、佐久良課長の狙いかもしれない。こちらが何かを判断できないような状態にしておいて、話を進めるのだ。

ところが、すでに倉島は冷静さを取り戻し、頭が回りはじめていた。

「今のお話には違和感を覚えるのですが……」

「なぜです?」

「公安捜査についての研修とおっしゃいましたね?」

「そうです」

「それはつまり、インテリジェンスについての研修ということになりますね?」

「どうでしょう」

「公安の仕事は、犯罪捜査というより治安維持のための情報収集です。外事一課の自分が教官になるということはつまり、対外的な諜報活動の話をするということになります」

「それで?」

「かつて、中国共産党と国民党の間で、熾烈《しれつ》なスパイ合戦が行われました。台湾の諜報活動は、そこまでさかのぼるのです。そして、現在もその諜報合戦は続いているのです。台湾の諜報機関は、文字通り命をかけて諜報活動を行っているはずです」

「そうでしょうね。中国は明日にも台湾に侵攻してくるかもしれません」

「そんな国が、日本にインテリジェンスについて聞きたがるはずがありません」

「君が言うとおり、台湾の国家安全局や国防部参謀本部軍事情報局は、常に危機感を持って活動しているので、その実力はたいしたものです」

「我々が彼らに教えられることなど、何もないと思います。逆に彼らに学ぶべきではないかと……」

「自分たちを過小評価してはいけません。日本の公安警察の実力もなかなかのものです。特に、君は、ロシアの凄腕エージェントと互角に渡り合ったじゃないですか」

かつて、ヴィクトルという名のロシアの殺し屋と戦ったことがある。佐久良課長はそのことを言っているのだ。

倉島はこたえた。

「あれは、運がよかったのだと思います」

「それもまた、謙遜ですね」

「いえ、実感です」

「研修の教官を依頼してきたのは、国家安全局でも軍事情報局でもありません」

「は……？」

「警政署、つまり、警察が依頼してきたのです。彼らは警察内部のインテリジェンスについて決して満足していないのでしょう。警察庁の警備企画課に一本化された日本の公安のシステムを学びたいということなんだと思います」

「もしそうだとしたら、自分には荷が重すぎます」

「泣き言は許されません。それに……」

「それに……?」

「台湾の人たち独特の、謙虚な言い方なのだと思います」

「研修を受けたいというのがですか?」

「そう。招いておいて、自分たちの有能さをこちらに見せつけたいのかもしれません」

佐久良課長の表情のない眼が底光りした。

倉島はうなずいた。

「もしそうなら、負けられませんね」

「そういうことです」

「了解しました。いつ行けばよろしいのですか?」

「明日です」

「それでは、研修の準備もできません」

「泣き言は許されないと言ったはずです。そういうことは、向こうに着いてからやってください。

あ、それから……」

「何でしょう?」

「ついでに、サイバー攻撃のことについて、様子を見てきてください」

倉島は驚いた。

「サイバー攻撃? それはレビルのことでしょうか?」

「昨日、新橋に行きましたね？」

「自分は監視されているのですか？」

「そうではありません。サイバー犯罪対策課の係員から、あなたが訪ねてきたという報告が上がりました。私は課長から連絡を受けました」

「サイバー犯罪対策課の課長から……？」

「どうして公安が、サイバー攻撃のことを調べているのか、不審がっていました」

「それについては、上田係長に報告してあります」

「別に私は、責めているわけではありません。あなたが関心を持っているのなら、調べてみることです」

「もしかして、台湾行きは、実はそちらが本命ですか？」

「警政署から研修の依頼が来たのは本当のことです」

佐久良課長は、その依頼を利用しようと考えたのだろう。

倉島は言った。

「実は、レビルに関心を持っているのは、自分ではなく、西本です」

「ゼロの研修から戻ってきたばかりですね」

「今、彼はやる気まんまんで、レビルの件に関わりたい様子です」

「そうですか。やる気まんまん……」

「はい。ですから、西本を台湾に同行させることを許可いただきたいのですが」

「西本を同行させる？」

「はい。名目は、研修の教官の助手か何かでいいと思います」

佐久良課長はしばらく考えていた。やがて、課長が言った。

「現地で作業を行う可能性はありますか?」

「あり得ることだと思います」

「そのときは、メモを送ってください。警備企画課に話を通します」

「了解しました」

「話は以上です」

倉島は礼をして課長室を退出した。

大急ぎで席に戻ると、西本に電話をした。

「パスポートは持ってるな? 明日、台北に発《た》つぞ」

3

待ち合わせは午前八時だが、習慣で倉島は五分前に羽田空港の国際ターミナルに到着した。すでに西本は約束の場所にいた。

「早いな」

倉島が声をかけると西本は、はっとしたように振り向いた。その仕草が大げさだと感じて、倉島は笑いそうになった。

「待ち合わせには早めに到着して、周囲の状況を確認する。それ、基本ですよね」

「飛行機に乗るために待ち合わせただけだ。警戒する必要などない」

「いや。いついかなるときも気を抜くわけにはいきません」

倉島は苦笑を浮かべて出国の手続きに向かった。

搭乗したのは、羽田空港発午前八時五十分の便だ。台北到着は、現地時間で十一時三十分だ。

席はエコノミー。公務員の出張なのだから当然だ。

倉島が窓側の席で、その隣が西本だ。西本が、書類を眺めながら言った。

「羽田から飛び立つと、どうも海外に行く気がしませんね」

倉島はこたえた。

「だが、成田に行くより時間が節約できてありがたい」

「到着の空港が松山空港だなんて、愛媛に行くみたいな気分です」

西本は、「まつやまくうこう」と発音した。

「たしかにな。だが、これは『ソンシャン』と読むんだ」

台北市内にあるので、飛行機を降りてから便利だと聞いていた。

羽田から四時間足らずの飛行だ。いつもより朝が早かったので、少しでも睡眠を取りたかった。

刑事たちは睡眠不足など平気らしいが、倉島は、寝られるときに寝ておくという主義だ。

目が覚めたときには、すでに機は着陸しており、タキシングをしていた。

「ぐっすり寝てましたね」

西本が言った。

「ああ。ずっと起きてたのか？」

「スケジュールを確認したり、いろいろ考えているうちに着きました」

二人とも、荷物は客室に持ち込んでいた。荷物を預けると、ターンテーブルでそれを待っている時間が無駄だ。出張に必要な荷物などそれほど多くはない。

倉島はショルダーバッグ一つ、西本はバックパックだけだった。出口の向こうに、名前を書いた紙を掲げる出迎えの人々の姿が見える。

その中に「倉島」の文字を見つけた。

倉島はその男性に近づいた。身長はそれほど高くないが引き締まった体格をしている。

「警視庁の倉島です」

日本語でそう言った。

これは海外でのファーストコンタクトの原則だ。自国語が通じるならばそれに越したことはない。通じないとわかってから、他のコミュニケーションの手段を考えればいいのだ。

「お待ちしておりました」

相手は見事な日本語で言ったので、倉島はほっとした。台湾華語は理解できない。

「車を用意しております。こちらへどうぞ」

男性に続いて空港の外に向かう。黒いセダンが待っていて、倉島と西本はトランクに荷物を入れ、後部座席に座った。

運転席には若い男がおり、こちらは制服らしいものを着ていた。紺色のブルゾンにネクタイだ。腕に階級章があるが、どこか日本の警察の制服に似ている。

迎えに来てくれた男は、助手席に座った。車が出発すると、彼は言った。

「申し遅れました。リウ・ジュンジェと申します。警政署の警正二階です」

空港などの人混みの中では名乗りたくなかったのだろう。

外国人の名前はわかりにくい。倉島は言った。

「リウさんですね」

「はい」

彼はそう言うと、後ろを振り返り、倉島と西本に名刺を手渡した。そこには「警正二階　劉俊傑」と書かれていた。

劉が続けて言った。

「外国人の名前は覚えにくいでしょう。ジョナサン・リウと呼んでくださってけっこうです」

台湾の人が英名を持っていることは知っていた。

「ジョナサンですか……」

「はい。運転席にいるのは、チャン・ヂーハオ警佐一階です」

西本が小声で言った。

「警正二階とか警佐一階って、階級ですよね」

「そうだな」

「日本で言うとどの階級に当たるんでしょうね」

それが劉警正に聞こえたようだった。彼は前を見たまま言った。

「たぶん、警正二階というのは、警部か警視に当たるのだと思います。警佐一階は、巡査長ですね」

「警部か警視……」

西本が言った。「それは失礼しました」

倉島は警部補、西本は巡査部長だ。劉警正は二人よりも階級が上ということになる。それがわざわざ空港まで迎えにきてくれたのだから、西本が恐縮するのも無理はない。

劉警正が言った。

「気になさらないでください。あなたがたはお客様ですから」

走りだしたと思ったら、車はすぐに停車した。赤信号か何かだろうかと窓の外を見ていると、劉警正が言った。

「さあ、着きました」

倉島は尋ねた。

「警政署に着いたのですか?」

「はい。空港から直線距離で三キロほどしかありませんから……」

松山空港は市内にあると聞いてはいたが、警政署とこんなに近いとは思ってもいなかった。成田や羽田のことを思うと、空港から移動したという感覚ではない。

車を下りてまず眼に入ったのは、道を渡った向こう側にある巨大なビルだった。十五階以上はある近代的な高層ビルで、しかも広大な敷地を占めている。

トランクから荷物を出すと、運転席にいたチャンがさっと手を出した。二人の荷物を持つというのだ。

倉島は言った。

「いや、それには及びません」

チャンのほうは日本語がわからない様子だ。困った顔をしている。

劉警正が言った。

「荷物を預けてください。上司の前ですから、ちゃんと働いているところを見せたいのです」

倉島と西本は荷物をチャンに渡した。チャンは右肩に倉島のショルダーバッグを、左肩に西本のバックパックをかけて歩き出した。

倉島たちはそのあとについていった。

目の前にあるのは、二階建ての少々古めかしい建物だった。壁面にはベージュのタイルが張り詰めてある。

道の向かい側にあるビルのほうがはるかに立派なのだが、こちらは敷地面積だけは広大なようだった。白い頑丈そうな門があり、その向こうの玄関の上には金色の大きな文字で「内政部警政署」とあった。

建物の中は薄暗く感じられた。近代的とは言えないが、たしかに威厳が感じられる。

倉島たちは、立派なソファがある部屋に案内された。応接室なのだろう。そこで待つように言われた。

西本が言った。

「警政署って、日本でいうと警察庁みたいなものでしょう?」

倉島はうなずいた。

「中華民国政府の警察だから、そういうことになるな」

「自分は、警察庁などほとんど行ったことがないのですが、なんだか雰囲気が似てますね」

「それは俺も感じていた。警察というのは、どこの国でも似たようなものなのかと思ったんだが……」

「思ったんだが……?」

「街並みを見ても、なんだか外国に来たような気がしないんだ」

「そうなんですよね。車が右側を走っていなければ、日本なんじゃないかって思いました。何なんでしょう、この感覚……」

「おそらく、昔、日本だったからだろう」

「統治時代の話ですか?」

「そうだ。台湾の人たちは、その時代のことを否定するのではなく、大切にしてくれているのかもしれない」

「ああ……。だといいですね」

「まあ、これは希望的観測だがね……」

ノックの音が聞こえた。

劉警正が誰かを伴って戻ってきた。

倉島と西本は、反射的に立ち上がった。相手が警部か警視だというのだから当然だ。

劉警正がほほえんで言った。

「どうぞ、お楽になさってください」

そう言われても、相手が座るまで腰を下ろすわけにはいかない。

劉警正の後ろから現れた人物は、白髪の紳士だった。制服を着ている。倉島は、習慣で階級章を見た。

それは、日本の警察の古い階級章によく似ていた。横三本線に星が四つ。もう、それだけで相当に偉いのだということがわかる。

白髪で恰幅《かっぷく》のいい年配の人物は、テーブルを挟んで倉島たちの向かい側に立った。現地の言葉で何か言った。

劉警正が言った。

「お座りくださいと言っています」

倉島はこたえた。

「我々も警察官ですから、上席の方より先に着席するわけにはいきません」

その言葉を、劉警正が通訳した。

年配の人物は、満足げにうなずき、何か言った。おそらく官姓名を名乗ったのだと、倉島は思った。

案の定だった。劉警正が言った。

「こちらは、ヤン・ヂーウエイ警監特階です」

彼が名刺を出したので、倉島と西本も名刺を出した。海外向けの英語が入った名刺だ。

名刺には、「警監特階　楊智偉」とあった。

劉警正が補足するように言った。

「警監特階というのは、最高の階級です。その上はありません。楊智偉警監特階は、警政署の最高責任者です」

つまり、警察庁長官に当たるわけだ。

さすがの倉島も驚いた。まさか、到着してすぐにトップに会うことになるとは思ってもいなかったのだ。

彼らが入室してくるときに「気をつけ」をして本当によかったと思った。

楊警監がソファに腰を下ろしたが、劉警正が立っていたので、倉島たちはまだ座らずにいた。

楊警監にうながされて、劉警正がその隣に座り、ようやく倉島たちは着席した。

楊警監の言葉を、劉警正が通訳する。

「我々の招きに応じて、よくいらしてくださいました」

倉島はこたえた。

「私のような者でも、お役に立てればうれしいです」

劉警正が即座にそれを訳していく。

楊警監が言った。

「日本人は謙遜の美徳をよくご存じだ。我々もかつてそれをおおいに学んだものです」

統治時代の話題になるとどうこたえていいかわからず、倉島は黙っていた。

すると、楊警監が言葉を続けた。

「倉島さんは、ロシアを担当されているそうですね？」

劉警正を通じて、倉島はこたえた。

「はい。公安部外事一課という部署におります。こちらの西本も同様です」

楊警監は鷹揚《おうよう》にうなずいた。

「昼食後の講習が楽しみです。私も聴講させていただきます」

倉島は、その言葉に驚いた。

「えっ。聴講……？」

「もちろんです。せっかく日本から来てくださったのです。この機会を逃す手はありません」

これはえらいことになった。そう思って倉島が黙っていると、楊警監が立ちあがった。

唐突だったので、倉島と西本は慌てて起立した。

「では、講習会で……」

楊警監が部屋を出て行くと、倉島と西本は立ったまま顔を見合わせていた。

西本が言った。

「警察庁長官の前で講習をするようなものですよね……」

「ああ」

倉島はこたえた。「急にハードルが上がった気がする」

そこに劉警正が戻ってきた。

立ったままで正解だったのだ。

「では、ホテルにご案内します」

劉警正が言った。「その後、昼食。講習は午後三時からお願いします」

先ほどのチャンという制服姿の若者がやってきて、荷物を持った。

劉警正が言った。

「私にもお二人の名刺をいただけますか？」

「失礼しました」

倉島と西本は名刺を差し出した。ついでに、倉島は言った。

「彼の名前はどういう字を書くのか教えてください」

劉警正は、テーブルの上にあったメモ用紙にペンを走らせて倉島に差し出した。

その紙には、「警佐一階　張志豪」と書かれていた。付け加えるように、劉警正が言った。

「英名は、ジェイムズ・チャンです」

また車に乗るのかと思ったら、徒歩のままだった。警政署の前の道を渡る。空港から来るときに通った幅の広い道で、中央分離帯に立派な木々が立ち並んでいる。

その道を横断すると、警政署の真向かいにある巨大なビルに向かった。

西本が言った。

「あ、これはホテルだったんですね」

劉警正がこたえる。

「喜來登大飯店。シェラトングランドホテルです」

倉島は言った。

「まさか、こんな立派なホテルに宿泊できるとは……」

「警政署に近くて便利ですから。もっとも、私たちがここに泊まることは滅多にありません」

部屋に荷物を置いて、すぐにロビーに集合と言われた。

案内されたのは、ツインの部屋だった。日本国内での出張といえば、小さなシングルルームと相場は決まっている。

こんな贅沢な部屋は必要ないと思ったが、おそらくこのホテルにはシングルルームなどないのだろう。

部屋に案内してくれたボーイが、英語で「他に何か必要ですか?」と尋ねる。海外ではこれはチップを求めるときの常套句だと思った。

だが、台湾元を持っていなかった。ドルも持っていない。空港で両替をすべきだったと思ったが、どうしようもない。

財布に五百円玉があったので、それを渡した。

荷物を置いたらすぐにロビーに集合ということだったので、倉島はカードキーを持って部屋を出た。

エレベーターホールで西本といっしょになったので、チップのことを話した。

するとと西本が言った。

「あ、台湾ではチップの必要はないようですよ。もっとも、政府はその習慣を普及させたいらしいですが、まだ根づいていないようです」

「じゃあ、おまえは払わなかったのか？」

「ええ。現地通貨を持っていませんし。五百円を渡したんですか？　それって、たぶん相場の二倍ですよ」

「妙に詳しいな」

「昨夜、慌ててネットで台湾のことを調べましたからね。何事も準備が必要です」

「おまえの言うとおりだ」


昼食は近くの大衆的なレストランだった。時刻は一時近くで、昼時のピークは過ぎており、店内はそれほど混雑していない。

劉警正が言った。

「ごく一般的なランチを召し上がっていただきます」

「ありがたくいただきます」

張警佐の姿はない。彼は昼食には同席できないようだ。劉警正が注文を済ませる間、倉島は店内の様子を眺めていた。

そのとき、不思議な気分になった。店内がずいぶんと静かだと感じたのだ。テーブルとテーブルの距離をたっぷり取った高級レストランにいるわけではない。

そして、それなりに客は入っている。家族連れもいれば、友人同士らしい集団もいる。それなのに、店内は落ち着いた雰囲気なのだ。

料理がやってきた。白米にスープ。それにさまざまな料理が運ばれてくる。

西本が言った。

「わあ、中華料理ですね。当たり前だけど……」

同じ料理だが、店の雰囲気は中国とは違う。倉島は気づいた。周囲の客の食事のマナーが上品なのだ。決して声高に話すことはなく、静かに食事を続けている。どこのテーブルもそうだった。

中華レストランは騒々しく、鶏の骨などを平気でテーブルクロスの上や床に捨てるという印象がある。だが、台湾は違う。中国と台湾はまったく違うのだと、倉島は実感した。

4

食事が終わると、一行は警政署に向かった。いつの間にか制服姿の張志豪警佐が背後にいた。先ほどの応接室に通され、そこで準備をするように言われた。

　西本が尋ねた。

「さて、どういう段取りで講習を進めるんです？」

「これから考える」

　倉島がこたえると、西本は驚いた顔になった。

「準備はしてないんですか？」

「台湾で講習をやれと言われたのは、昨日のことだ」

「でも、何も用意していないなんて……」

「何もないわけじゃない」

　西本は安心した顔をする。

「よかった。そうですよね。昨日の今日といっても、準備する時間はあったでしょうから……」

「俺たちには経験がある」

「え……？」

「だから、それを皆に伝えるしかない」

「ということは、やっぱりぶっつけ本番ということですか？」

「そんなに不安そうな顔をするな。俺にだって伝えたいことはある。それを何とかわかってもらうことだ」

倉島は、書類を持ち運ぶために使っているメッセンジャーバッグから、用箋を取りだし、やるべきことをランダムに書きだしていった。

それをカテゴリーごとにまとめ、提示する順番を決めていった。

ようやく、自分が講師をやるのだという実感が湧いてきた。だが、不思議なくらい緊張していなかった。

もし、ゼロに行く前の自分なら、いや、ゼロから戻った後でも、とても自信を持てなかったかもしれない。

いくつか自分自身でオペレーションを企画実行したことで、ようやく公安マンとしての自信がついたわけだ。

その経験を、そのまま受講生たちにぶつけるしかない。倉島はそう覚悟を決めた。


午後三時五分前に、劉俊傑警正が迎えに来た。

倉島は言った。

「ずっと、劉警正がアテンドをしてくださるのですか?」

「そうですが、それが何か……?」

「いえ……。私たちのほうが階級が下なので、恐縮しているのです」

「車の中でも言いましたが、あなたがたはお客様ですから、気にしてはいけません。お客様をもてなすことを、私は誇りに思っているのですから」

どこまで本音かわからないが、友好的な言葉には感謝しておくべきだ。

「ありがとうございます」

「それに私は、日本語が話せますので」

やがて会場にやってきた。

講習というから、せいぜい受講者は五十人ほどだろうと思っていた。ところが、講堂には三百人ほどの受講生がいるという。

受講生というより聴衆だ。それを見て、さすがに倉島は緊張してきた。

司会者が出て、倉島の紹介をしている。それを、舞台袖で劉警正が訳してくれた。

「東京警視庁の公安部外事一課の優秀な捜査員である倉島達夫警部補が、公安のありかた、心得について話してくださいます」

そして、倉島が呼び出された。

舞台中央に演台がある。そこで立ったまま話をするということのようだ。

舞台に歩み出ると、聴衆が一斉に起立をした。こういうところも、日本の警察と同じだ。どこかから号令がかかる。台湾華語だが、礼と着席だということはわかる。

倉島も、上体を十五度に傾ける正式の敬礼をした。

舞台の端に、劉警正も出てきた。彼が通訳をするのだ。逐次通訳で進めるので、倉島は区切って話をしなければならない。

話しだしてみて、これが悪くないことに気づいた。劉警正が通訳している間に、次に話すことを考えることができるのだ。

聴衆の中にどんなベテランがいるかわからない。インテリジェンスのエキスパートがいるかもしれないのだ。

偉そうなことを言っても仕方がない。だから倉島は、できるだけ体験から得た実感を話すようにつとめた。

もちろん、あまり具体的なことは話せない。それでも話題に事欠くことはなかった。

三百人もの聴衆がいれば、中には居眠りをする者もいるのではないかと思ったが、そんなことはなかった。メモを取っている者も少なくない。

持ち時間は一時間半だったが、あっという間に終わったと、倉島は感じた。おそらく、逐次通訳のせいもあるだろうが、集中できた証拠だろう。

最後に質疑応答をした。日本ではこういう場合、なかなか質問が出ない。若い者は上司に遠慮をするし、上司は部下の前で恥をかくわけにはいかないと考える。

だが、ここでは違った。いっせいに十人ほどが挙手をした。劉警正が指名をする。

「日本は、対外的なインテリジェンスについて、あまり考えなくていいのではないですか？　最初から戦争を放棄しているのだし、インテリジェンスもアメリカが肩代わりしてくれるのでしょう」

その質問に、倉島はこたえた。

「どんな国であっても、独立国であるかぎりインテリジェンスは必要です。アメリカは同盟国ですが、わが国はすべての情報をアメリカに与えているわけではありません。別の国なのだから当然です。信頼と協力。まさに、それを陰で支えるのがインテリジェンスの役割です」

次に劉警正が指名したのは、張志豪警佐だった。荷物を持ってくれた若者だ。

彼は立ちあがって言った。

「倉島さんは、ロシアを担当されているということですが……」

「そのとおりです」

それは講習の中でも話したことだ。

張警佐の質問が続いた。

「ロシアのヴィクトルという殺し屋と再三戦って勝利したと聞いております。それは事実でしょうか？　私には、日本のような弱腰の国のエージェントがロシアのエージェントと渡り合えるなんて信じられないのですが……」

「ヴィクトルの名前をご存じだということに、私は驚いています。彼がいなければ、今の私はなかったと思います。彼との戦いで、私は公安捜査員としておおいに成長できたのだと思います」

張警佐はさらに質問してきた。

「もう一度お尋ねします。ヴィクトルと戦って勝ったというのは本当ですか？」

「本当です。でなければ、私は生きていません」

張警佐は「謝謝《シェシェ》」と言って座った。

劉警正が講習の終わりを告げると、また聴衆全員が起立をした。倉島は敬礼をして降壇した。

「いやあ。驚きましたねえ」

西本が言った。「本当は、相当に準備をしていたんじゃないですか？」

二人は講堂を離れ、応接室に戻っていた。

「そんなことはない。まあ、なんとか一日目は無事に終わったな」

「二日目からはどうするんです？」

「徐々に具体的な訓練をやっていこうと思う」

「具体的な訓練……？　監視や尾行のやり方とかですか？」

「受講生はそんなことを求めてはいないよ。そうした技術はすでに身につけている。今さら、俺たちから学ぼうとは思わないはずだ」

「じゃあ、どういう訓練です？」

「そうだな……。例えば、明日近隣の国がミサイルを発射するという情報を得た。その真偽を確かめるには、どうすればいいか。また、そのミサイルの発射を阻止するために、何ができるか。それを、少人数のグループに分かれて、発表してもらう」

「それって、こたえがあるんですか？」

「ない。だから、こちらも知恵を絞らなければならない」

「はあ……」

「インテリジェンスの基本は、型にはまった約束事じゃなくて、頭を使うことだとわかってもらいたいんだ」

「なるほど……」

そこに、劉警正がやってきた。

「お疲れ様でした。少し早いですが、夕食に行きましょう。観光でいらしたのなら、夜市にでもご案内したいところですが、安全を考えると、やはりレストランがいいと思います」

それに反応したのは、西本だった。

「私もそれがいいと思います」

こちらの安全の話をしているのだから、西本のこの言葉は適当ではないと、倉島は思った。

「我々の身の安全を考えるのは、当然のことだろう」と言っているに等しい。だが、劉警正は気にした様子を一切見せずに言った。

「ああ、出掛ける前に着替えたほうがいいですね。その恰好では暑いでしょう」

倉島も西本も、日本を発ったときのままの背広姿だった。劉警正も背広を着ているが、涼しい素材のようだ。

劉警正は、さらに言った。

「私も着替えることにします。では、張警佐がホテルまでご案内します」

すると、西本が言った。

「案内って、道を渡るだけでしょう？　自分たちで行けますよ。ここに戻ってくればいいんでしょう？」

劉警正が笑みを浮かべた。

「アテンドするのが我々の任務です」

倉島は言った。

「では、お願いします」

二人は応接室を出ると、張警佐の後についていった。

ホテルのロビーで張警佐が、英語で言った。

「私はここで待っています」

倉島はうなずいて、西本とともにエレベーターホールに向かった。エレベーターの中で二人きりになると、倉島は言った。

「案内を断っても無駄だよ」

「え……、どういうことですか？」

「外国人を案内するというのは、どういうことかわかっているだろう」

「あ、監視ですか？」

「そういうことだ」

「しかし、我々は敵対しているわけではありませんよ」

「味方であっても外国人には油断しない。それがインテリジェンスの基本だろう」

西本は、ぴしゃりと自分の額を叩いた。


薄手の生地で伸縮性のあるスラックスと、半袖のポロシャツに着替えた倉島は、すぐにロビーに降りた。

西本はまだ降りてこない。

張警佐に近づいた倉島は、英語で話しかけた。

「英語が堪能なようだね」

「不自由なく意思疎通はできると思います」

「先ほどの質問のことだが、ヴィクトルのことはどこで知った？」

「我々外事を担当する者なら、その名前は知っております。伝説の一つですから」

「なるほど。その伝説の殺し屋に、ぬるま湯のような生活を送っている日本人が対等に渡り合えるはずがないと、君は考えたわけだな？」

張警佐は、まっすぐに倉島を見たまま言った。

「おっしゃるとおりです」

「君は正直なんだな」

「濁りのない眼で事実を見ようと、常に考えております。それが、インテリジェンスの基本だと思います」

インテリジェンスの基本。今日、倉島自身が何度か使った言葉だった。

「それはいい心がけだと思う」

「恐れ入ります」

「だが、一つだけアドバイスをさせてもらっていいか？」

「もちろんです」

「濁りのない眼というのがどのようなものか、常に検証する必要がある」

張警佐は、無言でしばらく考えていた。

そこに西本がやってきた。彼も、倉島と似たような服装だ。二人とも目立たない色を選んでいる。公安マンの習性だ。

夕食も、劉警正と三人のテーブルだと思っていたら、楊智偉警監特階が姿を見せたので、倉島は驚いた。

倉島と西本は慌てて立ち上がった。劉警正も一拍遅れて立ちあがる。

まさか、警政署のトップと夕食を共にするとは思わなかった。外国からの客だからといって、警察庁長官はいっしょに食事をしようなどとは考えないだろう。

楊警監は、ご機嫌の様子だ。着席すると、何事か劉警正に話しかけた。

劉警正がそれを訳した。

「とても有意義な講習でした。明日も楽しみです。そう言っています」

「できる限りのことをするつもりですとお伝えください」

さらに楊警監の言葉を、劉警正が訳した。

「若い警察官が、失礼な質問をしましたが、それにも落ち着いてこたえてくださいました。その姿勢に感服しました」

倉島はこたえた。

「まったく失礼だとは思っていません。彼が収集し得る情報を検証した結果なのです。私がヴィクトルと戦ったことがあるのは事実ですし、こうして生きているのも事実です。それを、張警佐がどう解釈するか。まさに、それこそがインテリジェンスです」

楊警監は、満足げにうなずいた。

そこに料理が運ばれてきた。スープに白米。そして大皿の料理だ。海老やアワビなどの海鮮が多い。

「小籠包《しょうろんぽう》はどうですか？」

楊警監の言葉を劉警正が訳す。「日本の方はなぜか小籠包がお好きですよね」

倉島はこたえた。

「いただきます」

食事を始めてふと気がついたのだが、西本がどうも落ち着きがない。何度も、周囲を見回している。

そう言えば、移動の最中も、彼は常にあたりに眼を配っていた。

倉島はそっと尋ねた。

「何か捜し物か？」

「え……？」

「妙にきょろきょろしている」

「そうですか？」

「自覚がないのか」

そのとき、劉警正が言った。

「台湾美人でも探しているのでしょう」

倉島は驚いた。こちらの小声のやり取りに彼がこたえるのは、これで二度目だ。最初は空港からの車の中で、台湾警察の階級について話をしたときだった。ずいぶんと耳がいいらしい。

倉島は言った。

「仕事で来ているのに、それは不謹慎ですね」

劉警正はそれを楊警監に台湾華語で伝え、二人は笑い出した。冗談だと理解してくれたのだ。

楊警監が何か言い、それを劉警正が倉島たちに伝える。

「台湾には美人族がいますからね」

倉島は聞き返した。

「美人族?」

それにこたえたのは、劉警正だった。

「タイヤル族という少数民族がいまして、遺伝的に美男美女がとても多いのです」

「ほう……。それはたしかに興味深い話ですね」

「え……」

西本が言った。「倉島さんがそんなことを言うのは意外ですね」

「何が意外なんだ?」

「倉島さんは、国を守ることにしか興味がないのかと思っていました」

「ばか言うな。俺だって普通の人間だよ」

すると、劉警正が言った。

「普通の人間は、ヴィクトルには勝てません」

倉島は肩をすくめた。

「必死になれば、何とかなるものです」

「現実はそう甘くはありません。それはよくご存じのはずです」

「まあ、そうかもしれません。ところで、一つ質問してよろしいですか?」

「もちろんです」

「今回の講習を発案されたのは、どなたなのでしょう?」

「どうしてそんな質問をなさるのでしょう?」

「本当の意図を知りたいのです」

劉警正と楊警監がしばらく何事か話し合っていた。

やがて、劉警正が言った。

「楊警監自らの発案です」

「やはり……。だから、こうして我々と同席してくださっているのですね。普通なら、我々のような者と食事はなさらないはずです」

劉警正を通じて、楊警監が言った。

「私はどなたとでも食事をしますよ。あなたがたとこうして親しくお話しできるのはとても楽しい。しかし、あなたのおっしゃることも正解です。私が発案したことですから、できるだけごいっしょするのが責任だと思っております」

「恐縮です」

「本当の意図とあなたはおっしゃった。つまり、あなたがたをお招きしたことに、何か別な意図があるとお考えのようですが、それは間違いです。他意はありません」

倉島は頭を下げた。

「邪推だったかもしれません。それというのも、私たちに別の意図があったからなのですが……」

「別の意図……？」

「ロシアのサイバー攻撃に関心があります。日本企業の台湾法人が攻撃にあいました。それについて、何か調べられればと考えています」

それを聞いて再び、楊警監と劉警正が話し合いを始めた。

余計なことを言ってしまっただろうかと、倉島は思った。友好的な雰囲気を壊してしまったかもしれない。だが、彼らの協力なしには動きようがないのだ。

やがて、劉警正が言った。

「さすがに、警視庁公安のエースだと、楊警監特階が申しております。あなたがたと共に捜査をすることは、我々台湾警察にとって、またとない研修となるでしょう」

倉島は、この言葉にほっとした。

どこまで本音なのかはわからない。だが、少なくともきっぱりと拒否されるよりはいい。

下心は早めに打ち明けることだ。それもインテリジェンスの基本かな……。

倉島はそんなことを思っていた。

5

夕食を終えると、劉《リウ》警正と張《チャン》警佐が倉島たちをホテルまで送ってくれた。

「ゆっくりお休みください」

劉警正が言った。

部屋に戻ると、疲れがどっと出た。倉島は、しばらくベッドに倒れ込んだままじっとしていた。

朝日本を発ち、その日のうちに研修を開始した。緊張などしていないつもりだが、知らないうちに気疲れしていた。

楊《ヤン》警監特階がいると気が抜けない。

劉警正に言われたとおり、今日はこのまま休もう。ベッドから起き上がり、洗面所に行こうとすると、ノックの音が聞こえた。

「何でしょう?」

ドア越しに尋ねると、こたえがあった。

「西本です。ちょっといいですか?」

倉島はドアを開けた。

「どうした?」

「まだ寝るには早いですよね。先ほど話題に出た会社のことです」

「話題に出た会社?」

「サイバー攻撃を受けた日本企業の台湾法人です」

「ああ、そのことか。それがどうした?」

「下調べをしておこうと思いまして……」

倉島は苦笑した。

「ずいぶん熱心だな。だが、今日のところは早めに休みたい」

「そうですか……。あ、いや、おっしゃるとおりですね。では、おやすみなさい」

「おやすみ」

倉島はドアを閉めた。

俺がゼロから戻ったばかりの頃は、あんなに仕事熱心ではなかったな。やる気がなかったわけではない。正直に言って、何をしていいかわからなかった。

それに比べて西本は、ずいぶんと優秀じゃないか。そのうち、あいつに追い抜かれてしまうかもしれないな。

倉島はそんなことを思いながら、洗面所に行った。歯を磨きながら、バスタブに湯を溜めることにした。シャワーだけでは疲れが取れない。湯船に浸かりたかった。


一晩ぐっすり眠ると、昨日の疲労が嘘のように気分が軽くなっていた。

待ち合わせの時刻にホテルのロビーに行くと、すでに西本がいた。例によって、周囲を警戒している様子だ。

「見るからに怪しいぞ」

倉島が声をかけると、驚いたように振り向いた。

「驚きました。まったく気配を感じませんでした」

「そうか?」

「ええ。さすがです」

「別に意識しているわけじゃない」

これは本当のことだった。だが、できるだけ目立たぬように振る舞う習慣がついているのは事実だった。

そこに劉警正が迎えに来た。自分より階級が上だと思うと、やはり恐縮してしまう。

「では、行きましょう」

三人は連れだって警政署に向かう。……と言っても、車道を渡るだけなのだが。

警政署に着くと、昨日と同じ応接室に案内された。劉警正が言った。

「研修は十時からの予定ですが、それでよろしいですね?」

倉島はこたえた。

「はい。結構です」

「では、時間になったら声をかけに参ります」

劉警正が部屋を出ていくと、西本が言った。

「今日から実践的な訓練だということでしたね」

「そうだ。まず、台湾警察のお手並み拝見というところだな」

昨日と同じ会場だった。受講生の数も同じく三百人ほどだ。

劉警正の通訳で、研修が始まった。

倉島は言った。

「では、五人一組になってください。どんなメンバーでもかまいません」

劉警正がそれを訳すと、会場内がざわめいた。倉島はもう一度言った。

「五人のグループを作ってください。そのグループで今日の研修を受けていただきます」

話し声が大きくなっていく。受講生たちはしきりに何かやり取りをしているが、立ち上がる者はいない。どうやら、席を五人ごとに区切ることでグループ分けをすることにしたようだ。そうすれば、立ち上がる必要はない。

倉島は尋ねた。

「グループ分けは終わりましたか？　終わったら手を上げてください」

ほぼ全員が挙手をする。

倉島は時計を見て言った。

「二十分で完了しました。これはなかなか優秀です」

苦笑を浮かべる者もいたが、大半は怪訝《けげん》そうな顔をしている。

倉島の言葉が続き、それを劉警正が訳していく。

「これがもし、訓練されていない集団であり、なおかつ研修ではなく、単なる講演会に訪れた観客なら、まったく違った結果になったことでしょう。おそらく、私が何度同じことを言ってもなかなか行動に移せず、一時間経ってもグループ分けは終わっていなかったと思います」

受講生の多くがうなずく。

倉島は言葉を続ける。

「実は、このグループ分けから研修は始まっています。状況を判断し、どうすれば効率よく目的が果たせるかを考える必要がありました。その上で、方法を提案するわけですが、そのときに、誰に提案すればいいかを判断しなければなりません。指揮を執る存在が必要で、それをこの場で決めなければならなかったわけです」

倉島は、そこで言葉を切って、劉警正の通訳を待った。そして、受講生たちの反応をうかがった。

彼らは大いに納得しているようだ。そして、自分たちはうまくやったという自信を持っている様子だった。

「インテリジェンスの基本は、この状況判断に尽きます。状況判断ができない人は、いつまでってもグループ分けができなかったに違いありません。その点、皆さんはさすがです」

受講生たちが気をよくしたのが、その表情からうかがえた。

「さて、それでは、本番に入りましょう。これから私が言う問題について、グループごとに話し合ってこたえを出していただきます」

倉島が提示したのは、昨日西本に言ったミサイル発射についての問題だった。

すると、挙手をする者があった。質問があると言う。

「それは、警察官ではなく、軍隊が考えることではないのですか？」

劉警正は表情を変えない。彼は通訳に徹しているのだ。

倉島は質問にこたえた。

「インテリジェンスに組織の垣根はありません。いつ、どんな難問を突きつけられるかわからないのです。そのときに、ああ、これは軍隊が解決するべき問題だ、などと言っている余裕はありません。全力で、目の前の問題を片づけなければならないのです」

質問者は納得した様子だった。

「では、午後に解決策を発表していただきます」

倉島は舞台袖にひっこんだ。そこには、西本がいた。

「テーマを与えて、話し合わせる……。これって、学校でやらされましたよね」

西本が言う「学校」は警察学校のことだ。教場内では何でも班ごとに行動する。班内で討論してその結果を発表させる。西本が言うとおり、これは警察学校で経験することだった。

「どんなこたえが出されるか、楽しみだな」

そこに劉警正がやってきて、倉島に言った。

「実践的な研修と聞いて、尾行とか監視のやり方とか、そういう技術的な話かと思っていましたが……」

「期待はずれだったでしょうか」

劉警正はかぶりを振った。

「技術的な話より、ずっと本質をつかんでいると思います。期待はずれか、ですって？　期待のはるか上をいっています」

そう言われて、正直ほっとした。

受講生に話し合わせるだけで、こちらが楽をしているると思われるのではないかと心配していたのだ。

西本が客席を覗き込んで言った。

「さすがに座っていられなくなったようですね。グループごとに固まって話をしていますよ」

「他のグループに話の内容を聞かれたくないだろうからな」

劉警正が言った。

「さて、それでは控え室に戻って、昼食のことでも考えましょうか」

倉島は言った。

「食事は常に重要ですね」

すると、西本が意外そうな顔で言った。

「へえ……。倉島さんは、食事のことなど気にしないんじゃないかと思っていました」

「俺だって、腹が減るのは嫌だし、せっかくならうまいものが食いたいと思う」

すると、西本はもう一度「へえ」とつぶやいた。

午後の研修では、予告どおり、グループごとに話し合ったことを発表してもらった。

ミサイル発射の真偽を確かめるためには、衛星からの映像を解析するという意見が一番多かった。

さらに、オシントつまり、オープンソースインテリジェンスが重要だという声があった。ミサイルを発射しようとしている国の動きを、報道から探ろうというのだ。

ミサイル発射阻止については、圧倒的に「外交努力」という意見が多かった。これは予想されたことだ。

同僚や上司がいる場では、どうしても当たり障りのない話になってしまうのだ。

だが、中には「特殊部隊を送り込んで、ミサイルの破壊工作をする」という意見も出された。

それに類したもので、「サイバー攻撃により、ミサイル発射を妨害する」という意見があった。

倉島は、これに注目した。

舞台の上から受講生たちに質問した。

「サイバー攻撃は、どの程度有効でしょうか？　それについて、説明してくださる方はいらっしゃいますか？」

挙手をした者がいた。若い男性だった。前髪が長く、警察官らしくないなと、倉島は思った。

彼の言葉を劉警正が訳してくれた。

「わが国の技術からすれば、敵国の軍事施設のシステムに侵入することは可能です」

倉島はさらに質問した。

「なるほど……。しかし、敵も対抗措置を取るはずですよね」

「もちろん、システムは強固に防御されているでしょう。外部のネットには接続されていない可能性もあります」

「では、侵入は不可能ですね？」

「いえ、可能です」

「どうしてです？」

「必ず人為的なミスがあるからです」

「相手のミスを待っている時間的な余裕がない場合は?」

「そのときは、ヒューミントを使います」

ヒューミントは、ヒューマンインテリジェンス、つまり、人的諜報活動のことだ。

「なるほど……。具体的には、ヒューミントではどのようなことをするのですか?」

「システムをどのような形でもいいので、外部のネットにつなげてしまえばいいのです。スマートフォンをシステムにつなげるだけで、我々は侵入できます」

「わかりました。たいへん興味深いお話でした。ありがとうございました」

その後、いくつかの質疑応答があり、午後三時に研修は終わった。


応接室に引きあげてくると、倉島は劉警正に尋ねた。

「サイバー攻撃について説明してくれた若い方がいらっしゃいましたね。彼は、どこの部署の方でしょう」

「ああ。彼は保安組のサイバー担当の者です」

警政署では、いくつかの「組」と「室」という組織がある。おそらく「組」は、日本の警察庁の「局」に当たるのではないか。

保安組というのは、日本の生活安全局のようなものだろうと、倉島は思った。

倉島は聞き返した。

「サイバー担当?」

「ええ。日本の警察にも、そうした部署があると聞いたことがありますが……」

「はい。警察庁にはサイバー警察局がありますし、警視庁の生活安全部にはサイバー犯罪対策課があります」

「それと似たようなものだと考えてください」

「彼は、とても自信たっぷりでした」

劉警正はかすかに笑みを浮かべた。

「ああ、ジョンはいつもそうなのです」

「ジョンとおっしゃるのですか？」

「ツァイ・ジュンホン。英名がジョン・ツァイです」

彼は、テーブルの上のメモ帳に、その人物の名前を書いた。「蔡俊宏警佐一階」とあった。

それを覗き見て、西本が言った。

「日本人みたいな名前ですね。同じ字で『としひろ』と読む日本人はたくさんいますよ」

劉警正がこたえた。

「俊宏は、台湾でも比較的人気がある名前です。こんな字を書く名前もあります」

劉警正はさらに、メモ帳に文字を並べて行く。

俊男、健忠、正雄。

劉警正が言った。

「それぞれ、ジュンナン、ジィエンヂョン、ヂョンジィォンと読みますが、これも日本で見られる名前なのではないですか？」

「そうですね」

西本がこたえた。「としお、たけただ、まさお……。そう読めます」

「こんなところにも、日本の影響があるのかもしれませんね」

これも統治時代の話題だろう。やはり倉島はどんな顔をしていいかわからなくなった。だが、劉警正はいっこうに気にしていない様子だった。

彼はそういうことに頓着《とんちゃく》しない男なのだろうか。それとも、台湾の多くの人々がそうなのか。

倉島には判断できない。

劉警正が倉島に言った。

「昨夜の食事のときのお話ですが、これから行ってみましょうか？」

「サイバー攻撃を受けた会社のことですね？」

「はい」

すると、すかさず西本が言った。

「製薬会社です。所在地は、台北市中山區……」

「ここから歩いても十分くらいですが、車を出しましょう」

倉島は言った。

「徒歩で行けるのなら、それでもいいです」

劉警正はかぶりを振った。

「移動中に何かあったらたいへんです。できるだけリスクは避けたいです。それに、捜査は、どういうふうに流れていくかわかりません。どこかに移動することになるかもしれません」

好意に甘えるしかなかった。今から移動の手段を手配するのはたいへんだ。倉島も西本も台湾で運転ができるわけではないので、電車など公共機関で移動するしかない。

タクシーをチャーターする手もあるが、そんな予算はもらっていない。

これが「作業」なら、領収書がいらない資金をぽんと渡されるのだが、今回はそうではない。

劉警正が言った。

「よろしければ、すぐに出発しますが……」

倉島は尋ねた。

「劉さんのお仕事に差し支えはありませんか?」

劉警正はほほえんだ。

「お二人のアテンドが、私の仕事です」

製薬会社で相手をしてくれたのは日本人で、突然の警察の訪問に、心底驚いている様子だった。丁寧に応対してくれたのだが、迷惑がっているのは明らかだった。

向こうの言い分は、「もう、終わった話だ」ということだ。会社のシステムがランサムウェアに感染したのは確かだが、それにはちゃんと対応できたという。

つまり、自社でランサムウェアを駆除し、システムを復旧できたので、身代金などの被害は生じていないということだった。

本当かどうかはわからない。しかし、被害にあった者がそう言っているのだから、警察としてはそれ以上は追及できない。

西本はどう思っているかわからないが、この話はここで終わりだと、倉島は思った。あとは、つつがなく研修を終えて日本に帰るだけだ。

帰り際に、製薬会社の担当者が言った。

「うちは対処できましたが、よそ様はどうでしょうねえ……」

その言い方が気になって、倉島は尋ねた。

「台湾でサイバー攻撃を受けた、他の日本企業をご存じなのですか？」

「ニッポンLCですよ」

倉島は思わず聞き返していた。

「ニッポンLC……」

「液晶を作っている会社です。うちの会社が攻撃を受けたのはずいぶん前のことですが、ニッポンLCは最近のことだと聞いていますよ」


車に戻ると、倉島は劉警正に尋ねた。

「ニッポンLCの話、ご存じでしたか？」

劉警正はうなずいた。

「はい。ですが、倉島さんたちが、製薬会社の話をされていたので、先にそちらにご案内しました。もしかしたら、ニッポンLCにも行くことになるかもしれないと思っていました。やはり、車で来て正解でした」

なるほど、劉警正はこの流れをあらかじめ読んでいたということだ。

倉島は、西本に尋ねた。

「おまえは、知っていたか？」

「いいえ。初耳でした」

彼はスマートフォンを見つめている。「株式会社ニッポンＬＣは、さっきの人が言っていたとおり、液晶を作る会社ですね。名前のとおり日本の会社ですが、台湾法人があります。所在地は、新北市汐止區……」

西本は、「しんきたし、しおどめく」と発音した。

劉警正が言った。

「シンペイシー、シーズィークーと発音します。あと十分ほどで着きますよ」

西本が言う。

「発音が難しいですね」

すると、劉警正が言った。

「しおどめが正しいのかもしれません。この地名はもともと日本語なのです」

6

高速道路で台北の街並みから遠ざかると、周囲は一気に色濃い緑に包まれる。その中に工場や倉庫が点在している。

台北から二十分ほどで目的地に着いた。

白い瀟洒《しょうしゃ》なビルがあり、その裏手が工場になっているようだ。

玄関はガラス張りになっており、いかにも今どきのビルという感じだった。受付があり、女性の受付係が二人いた。

劉警正が台湾華語で来意を告げる。

すると、受付係の一人が、驚くほど流暢《りゅうちょう》な日本語で言った。

「日本の警視庁からおいでですか？」

倉島はこたえた。

「はい。サイバー攻撃について、お話をうかがいたいと思いまして」

「少々お待ちください」

日本語を話せる受付係は、受話器を取って何事か告げた後に、再び日本語で言った。

「そちらでお待ちください。今、担当者が参ります」

倉島たちは、言われたとおり、ロビーにある革張りのベンチで待った。ほどなく、三十代半ばの男性がやってきた。

彼が台湾華語で何か言ったので、劉警正がそれを訳した。

「広報課の陳《チェン》さんです」

企業を訪ねたときの第一関門は、この広報課というやつだ。企業のためにならない情報は一切出さないのが彼らの基本方針だ。一方、たいてい警察は企業にとって都合の悪い話を聞き出そうとする。

だから、何とかこの第一関門を突破しなければならない。

陳は、一階のロビーに並んでいるブースの一つに、倉島たちを案内した。ブースの中にはテーブルと椅子があった。打ち合わせができるスペースだ。

倉島、西本、劉警正の三人が並んで座り、テーブルの向かい側に陳が座った。

彼は台湾華語で話しつづける。それを、劉警正が通訳する。

「サイバー攻撃についてのお話ということですが、どのような質問でしょう?」

倉島は言った。

「経緯を詳しく教えていただけますか?」

陳はきょとんとした顔になった。

「なぜです?」

「何があったのかを知りたいからです」

「私たちは被害届を出してはいません。ですから、警察の方に事情を聞かれる理由はありません。ましてや、日本の警察の方に……」

口調はものすごく丁寧だが、言っている内容は非協力的だ。

「我々はサイバー犯罪の実態をつかむことに力を入れています。どうか、ご協力いただけませんか」

「ランサムウェアに感染したのは、八月二十五日、日曜日のことでした」

「それから?」

「それだけです」

「すでに駆除が終わっているということですね?」

「そういうことには、おこたえできません」

「なぜこたえられないのですか?」

「どう対処したかをおこたえすると、わが社の技術力がわかってしまうからです」

「私たちは、マスコミではありません。それを世間に知らせるようなことはしません」

「ライバル企業に、どんな小さなことでも手がかりを与えるわけにはいかないのです」

劉警正を通してのやり取りだったので、どうにもまどろっこしかった。

倉島は、しばし間を取ってから言った。

「実際に、ランサムウェアに対処された方にお話をうかがえませんか?」

陳はぴしゃりと言った。

「それはできません」

「では、その件についての責任者の方にお目にかかりたいのですが……。できれば、日本人に……」

倉島は純粋に、日本語で会話がしたいのでそう言った。だが、陳はその一言が気に入らなかったようだ。

「なぜ日本人と話をしたがるのです？　ここは台湾の会社です。台湾人である私と話をすべきです」

　すると、劉警正が、倉島の言葉を待たずに、台湾華語で何か言った。

　陳は憤然とした顔でそれを聞いていたが、やがて立ち上がり、何か言ってブースを出て行った。

　倉島がぽかんとその後ろ姿を見ていると、劉警正が言った。

「私は通訳としてはそれほど優秀ではないので、誤解が生じる恐れがある。だから、日本人がいれば、連れてきてほしい。そう言いました」

「あなたの通訳は完璧ですよ」

　倉島は本気でそう思っていた。もちろん台湾華語がわかるわけではないので、正確な訳なのかどうかはわからない。だが、劉警正を信頼していいと思った。

　劉警正の言葉は、陳に日本人を呼ばせるための方便なのだ。

　西本が劉警正に尋ねた。

「陳さんは、何と言って出ていったんですか？」

「ここでしばらく待っていてください。そう言っていました」

　西本がぼやくように言った。

「どれくらい待たされることやら……」

　彼が言うとおり、嫌がらせで長時間待たされることもあり得ると、倉島は思った。

　しかし意外なことに、陳はほどなく戻ってきた。一人の男を連れていた。年齢は、五十代の後半だろう。

陳がその人物を紹介した。

「CTOの島津《しまづ》誠太郎《せいたろう》です」

「やあどうも。島津といいます」

島津と名刺の交換をした。CEOとかCOOなどという呼び方が、今一つぴんとこないが、CTOは、チーフ・テクニカル・オフィサーの略のようだ。技術系のトップということだろう。

少しばかり太り気味だが、いかにも健康そうに見える。

島津が倉島たちの向かい側に腰を下ろすと、陳は一礼をして去っていった。

倉島は尋ねた。

「もう広報の方は同席なさらないのですね？」

「お役御免となれば、すぐに姿を消す……。日本みたいに周囲の顔色をうかがったりはしません。その点、合理的ですがドライですね」

島津は困ったような笑みを浮かべて、そう言った。

倉島は質問した。

「八月二十五日にサイバー攻撃を受けたそうですね？」

「はい。ランサムウェアに感染しました」

「感染経路は判明しているのですか？」

「判明していますよ」

「どういう経路で……？」

「いやあ、それはお話しできませんねえ。わが社の技術的な問題に関わる事柄ですから……」

「過去に製薬会社の台湾法人が同じように、攻撃を受けましたね？」

「そうですね。そういうことがあるので、注意はしていたのですが……」

島津の表情が曇る。

「なのに感染してしまったのですね？」

「何とも、面目ありません」

「対策はしっかり講じていらっしゃったのですね？」

「相手が一流のハッカーとなると、どんな対策も万全とは言えません」

「そういうものなのですね」

「それが、アルゴリズムの宿命です」

「サイバー攻撃を仕掛けてきたのは、やはりレビルでしょうか？」

島津は、しばらく倉島を見つめた。初めて倉島の言葉を聞いたような顔をしている。つまり、それまでは本気で話を聞いていなかったということだろう。

倉島がレビルを知っていることで、ちょっと見直したということなのか。だとしたら、警察をなめているとしか言いようがない。

島津は言った。

「レビルではないと、私は考えています」

それまで、いかにも調子のよさそうな年配者だったのだが、眼光が鋭くなった。

「レビルではない……？　では何者なのです？」

「それは不明です」

「では、レビルではないという根拠は?」

「ロシアのハッカーは活動が難しい状況にあるからです」

「戦争と経済制裁の余波ですか?」

「はい。まず、第一にレビルを背後から操っていたFSBが弱体化しました。つまり、レビルは現在、後ろ盾を失っているのです」

FSBが弱体化しているかどうかは微妙だ。だが、ウクライナを巡る戦乱の前と同じでないことだけは確かだ。

「後ろ盾がなくても、サイバー攻撃は可能でしょう」

「ランサムウェアって何だかご存じですよね?」

「身代金を要求するためのプログラムですよね?」

「そうです。あの戦争以来、ロシアでは海外から身代金を奪うことができないのですよ」

「なるほど、銀行取引を停止していますからね」

西本が尋ねた。

「暗号通貨はどうです?」

島津がこたえた。

「暗号通貨も、各国が規制をしています。ですから、今ロシア人は、身代金を要求したところで、それを回収することができないのです」

西本が言う。

「じゃあ、現金で受け渡しをするしかないか……」

倉島は言った。

「それだと、サイバー攻撃の意味がない」

「そうですね」

倉島は、島津に尋ねた。

「ロシアじゃないとしたら、どこのハッカーか見当がついているのですか？」

島津はかぶりを振った。

「どこの誰かは知りません。でも、それは問題じゃありません。大切なのは、我々がランサムウェアを除去して、システムを復旧させたということなんです」

「もし、うまく対処できなければ、たいへんなことになっていたのでしょうね」

「うちのような会社は技術情報が命です。それが盗み出されて、ネットに公開されることを想像するだけで、寿命が縮みますよ」

「御社では液晶を作っておられるのですね」

「ええ、そうです。昔はね、液晶といえば日本の独壇場だったんです。それがいつの間にか韓国、台湾に抜かされ、今ではすっかり水をあけられています」

「そうなんですね」

「だからといって、尻尾を巻いて逃げる気にはなれないんですよ。太陽光発電、テレビ、パソコン、スマホ……。液晶にはまだまだ未来がある」

「心強いお言葉です」

そこで島津は、急にトーンダウンした。

「……とはいえ、日本が投資の時期を逃したのは間違いないんです」

「投資の時期を逃した……？」

「そう。問題はガラスなんですよ」

「はあ……」

訳がわからないながら、倉島は興味を引かれた。

「液晶ってのはね、ガラスに張り付けるんですよ。そのガラスを大型化すればするほど、効率がよくなる。よそより大きな液晶テレビの画面が作れれば、それだけ競争力は増すでしょう。太陽光発電のパネルもでっかいガラスが必要だ。そして、大きなガラスを作れれば、それだけそこから多くの液晶パネルを切り出せるというわけです。でもね、ガラスの大型化には莫大な投資が必要なんです。で、日本の企業はその投資に二の足を踏んだんですよ。その間に、韓国や台湾はじゃんじゃん投資した。その差が今出てるんです」

「それはいつごろのことですか？」

「二〇〇〇年から二〇〇一年にかけてですね。でもね」

島津はぐっと眼に力を入れる。「だからといって、負けるわけにはいきません。だからこそ、こうして台湾に現地法人を作って踏ん張っているわけです。そりゃあ、いろいろ言われますよ。台湾の連中にしてみりゃ、なんで日本の会社で働く必要があるんだってことになりますよね。台湾の人たちが会社を作ればいいんです。けど、そうじゃないんだと。俺たちはでっかいガラスを作る力はないけど、技術力じゃまだまだ負けてないんだということです。液晶はすり合わせの技術なんです」

「すり合わせの技術……？」

「そうです。例えば、半導体というのは規格化されていて決まった形がありますよね？　でも、液晶には決まった形がないんです。テレビかもしれないし、タブレットかもしれない。スマホかもしれない。それって、作る装置も工程もその時その時で、すり合わせをしなきゃならないってことなんです。日本人はもともと、そういうすり合わせの技術が得意なんですよ」

液晶の話になると、別人のように饒舌《じょうぜつ》になった。この仕事が好きで、情熱を注いでいるのだろうと、倉島は思った。

「そうした技術が、ハッカーによって盗まれそうになったわけですね？」

倉島が尋ねると、島津は即座にこたえた。

「いいえ。ご心配なく。ランサムウェアに感染したのは、本社の管理システムです。本当に重要な技術情報は、工場のほうのシステムにあり、そっちには侵入されていません」

重要な情報は、工場のシステムに……。

陳が口に出したがらなかったのは、こうした話なのではないか。どこに技術情報があるかなど、だいたい予想がつくものだが、それを社内の者が発言するとなると、話は別だ。

「本社の管理システムも、工場のシステムも、それぞれ独立しているということですね？」

「うーん、それについては、詳しく話せませんなあ……」

「わかりました」

倉島は言った。「お時間をいただきまして、ありがとうございました」

「いやいや、日本からのお客さんと話ができて楽しかったですよ」

聞き込みをして楽しかったと言われた経験はほとんどなかった。

「まあ、何もないとは思うのですが、今後何かあったら、直接連絡を差し上げてよろしいですか？」

倉島が問うと、島津は特に迷惑そうな顔をするでもなく言った。

「そうだなあ……。私は出掛けていたり、会議中だったりするかもしれません。誰か窓口というか、連絡係を一人立てましょう」

島津はそう言うと、携帯電話を取り出してどこかにかけた。

「……そうそう。一階のロビーで待ってる」

電話を切ると、島津は言った。

「技術部の部下の一人を紹介します。私の秘書も兼ねているので……」

「それはありがたいです」

五分ほど待つと、ブースの出入り口に女性が姿を見せた。

倉島は一瞬、言葉を失っていた。

年齢は二十代後半から三十代前半というところか。唖然《あぜん》とするほどの美貌だった。

倉島は普段、男性だろうが女性だろうが、美醜を気にするようなことはない。だが、現れた女性の容姿は、そうした倉島の常識を軽々と超えていた。

島津が言った。

「名刺をお渡ししなさい」

彼女はその言葉に従い、倉島、劉警正、西本の三人に名刺を出し、日本語で言った。

「よろしくお願いします」

名刺には、「林春美」とあった。

倉島は言った。

「はやし・はるみさんですか?」

島津が笑った。

「それが楽しくて、まず名刺をお渡しするんです。彼女は、リン・チュンメイといいます」

すると、劉警正が言った。

「林さんは、台湾で二番目に多い苗字です。春美も女性に人気のある名前ですね」

「では、何かありましたら、彼女に連絡してください。彼女は日本語が話せますので」

そう言うと島津が立ちあがり、林春美が頭を下げた。

7

ニッポンLCでの聞き込みは問題なく終わったが、実は西本について気づいたことがあった。

こいつ、何か変だな……。

独身の西本は、人並みに女性に興味があるはずだった。だが、林春美に興味を示さなかった。それはまったく西本らしくなかった。

女性に興味を示さないから変だというわけではない。どこか、心ここにあらずというふうに見えたのだ。

林春美のほうを見ているが、実際にはちゃんと見えていない。そんな気がした。

タイプではないだけなのかもしれないが、それでもかつての西本なら、何か反応を示しただろう。少なくとも、林春美ほどの美貌ならたいていの男は何らかの反応を見せるのではないか。なにせ、倉島自身が少々落ち着きをなくすほどなのだ。

そう思って記憶を辿《たど》ってみれば、ゼロから戻ってきた西本は、ちょっと妙だった。別人のように明るくなったし、些細なことに過剰に反応していた。

明るいのは悪いことではないが、西本は不自然だったかもしれない。もしかしたら、無理に明るく振る舞っているのではないだろうか。

過剰反応は、無理をしている者の特徴の一つだ。

白崎が心配そうにしていたのを思い出した。そのとき、倉島は考え過ぎだろう、くらいにしか思っていなかったのだが、やはり、白崎の言うとおりだったのかもしれない。さすがに、白崎はよく人を見ている。倉島は、今まで気づかなかったことを反省した。

改めて考えてみると、たしかに西本はおかしい。ゼロの研修が、何か悪影響を及ぼしているのかもしれない。だとしたら、今のうちに対処しなければならないだろう。

優秀に見えたのは、無理をしていたからに違いない。地に足がついていない状態なのではないだろうか。そんな状態で作業など無理だ。

台湾にいる間に、時間を見つけて話をすべきだと、倉島は思った。


翌日は研修の最終日だった。

倉島は昨日と同様に、午前中に課題を出してグループで話し合いをさせ、午後にその結果を発表してもらった。

課題は「今この中にスパイが一人紛れ込んでいる。それを見つけるにはどうしたらいいか」というものだ。

倉島自身にも正解はわからない。いや、正解などないのだ。公安マンは、その場その場で最良と思えるアイディアを出すしかない。それを伝えたいと思ったのだ。

いろいろなこたえが発表された。

「観察を怠らず、怪しい動きを見逃さない」という意見が多数派だ。これは正攻法で、実際には一番現実的だろう。

「何らかのトラップを仕掛ける」というアイディアがあった。具体的にどのようなトラップが考えられるかと聞き返すと、「その時に考える」というこたえで、会場の笑いを誘った。

ともあれ、三日間の研修は無事に終了した。会場の拍手に送られ、控え室として使っている応接室に戻ると、すぐに楊警監がやってきた。

倉島、西本、劉警正の三人は気をつけをした。

「有意義な研修でした。心からお礼を申し上げます」

いつものように、楊警監の言葉を劉警正が日本語に訳す。

倉島はこたえた。

「どれくらいお役に立てたか心配です」

「謙遜する必要はありません」

「いいえ。謙遜ではなく、本音です。こちらこそ、おおいに勉強させていただきました。課題に対するこたえはいずれも興味深いものでした」

「まあ、座ってください」

楊警監がソファに腰を下ろした。倉島と西本は、劉警正が座るのを待ってから、着席した。

楊警監が尋ねた。

「これからのご予定は?」

倉島はこたえた。

「研修が終わったのですから、すみやかに帰るべきなのですが……」

劉警正の通訳に耳を傾けていた楊警監が、怪訝そうな表情を浮かべた。

「何か気になることがありますか?」

「ニッポンLCという会社のことです。サイバー攻撃を受け、すでに対処した後だということなのですが……」

楊警監が肩をすくめた。

「その会社がそう言うのなら、気になさることはないでしょう」

「おっしゃるとおりです」

我ながら歯切れが悪いと、倉島は思いながら言った。「しかし、どこの国の人間が犯人なのかわからないのが、気になるのです」

その言葉を劉警正が訳すと、楊警監はじっと考え込んだ。そして、二人は台湾華語で何事かやり取りを始めた。

倉島と西本は黙ってその様子を眺めているしかなかった。

やがて、劉警正が言った。

「楊警監は私に、あなたがたに便宜を図るようにと言っております」

倉島は慌てて言った。

「いえ、それには及びません。あなたの仕事もあるでしょうし……」

すると、劉警正は言った。

「あなたがたをアテンドすることが、私の仕事だと言ったはずです。それに、ニッポンLCは台湾にある会社です。その捜査は、我々台湾警察の仕事でもあります」

「正直に言うと、そう言っていただけるとありがたい。現実には、言葉の問題もあって我々だけでは満足な捜査はできないでしょう」

劉警正がうなずき、それを楊警監に伝えた。

楊警監が言った。

「では、日台の共同捜査ということですね。実際の捜査で、我々はまたおおいに学ばせていただくことになるでしょう」

倉島は言った。

「繰り返しになりますが、学ぶのはおそらく、こちらのほうだと思います」

楊警監は、満足げに笑って言った。

「さて、研修が無事終わったお祝いをしなければなりませんね。食事に行きましょう」


一昨日とはまた別のレストランに案内された。メンバーは、楊警監、劉警正、倉島、西本の四人だ。

西本はやはり周囲を警戒している様子だ。それは公安マンとしては必要なことだが、どうも不自然だった。

台湾料理のレストランだが、一昨日の店とはまた趣きが違っていた。店のたたずまいも食材も高級な感じがする。

「おもてなし」が日本の売り物のように言われた時期があったが、これでもかともてなすのは、むしろ華人の伝統なのではないか。ならばそれに甘えて、心ゆくまで贅沢を楽しもうと倉島は思った。

「さあ、乾杯をしましょう」

楊警監はビールの入ったグラスを掲げた。乾杯を交わし、食事を始めた。

倉島は言った。

「乾杯というと、白酒《バイジウ》を飲み干さなければならないのかと思いました」

楊警監が言う。

「お望みとあらば、そういう乾杯をしてもいいですよ」

白酒は、アルコール度数が五十度ほどもある。

「いえ、それはご容赦いただきたいです」

かつての西本なら、こういう場面で、「自分が受けて立つ」というような発言をしたのではないか。

今の西本は無言で周囲の話を聞いている。ゼロの研修のおかげで慎重になったとも言えるが、抑鬱《よくうつ》状態だと考えることもできる。

八角と香菜の香り。いずれも倉島の食欲を刺激した。次々と運ばれてくる料理を皿に取り、口に運んでいると、楊警監が言った。

「日本はスパイを取り締まる法律がないと聞きました。それで、あなたがた公安はどうやって海外のスパイを取り締まっているのですか?」

「そう言われることが多いのですが、実は誤解だと私は思っています。例えば、公務員に関しては、秘密を漏洩《ろうえい》することを禁じる法律がいくつもあります。また、刑事特別法というのがあり、これは特に米軍の情報を洩《も》らすことを禁じています」

「しかし、いまだにスパイ天国と言われているようです」

「実際に日本にいるスパイたちは、決して天国だとは思っていないでしょうね」

楊警監が抱いている疑問は、おそらく多くの国のインテリジェンスに関わる者たちが感じているのと同じものだろう。

日本は平和ボケしていて、危機感がない。倉島が普段接触するロシアのエージェントも、同様のことを言うことがある。

そのたびに、倉島は思う。

平和ボケするほどの治安を、自分の国で実現したことがあるのか、と。

たしかに、現在の日本の平和は、戦後アメリカによってもたらされただけだと見る向きもある。国民は、骨抜きにされ、政治に無関心になり、それ故に、それは極めて危うい平和なのだという意見もある。

そうなのかもしれない。しかし、世界のどこを見てもこれほど治安がいい国は珍しい。それも事実なのだ。

倉島は言った。

「スパイにとってだけでなく、すべての人々にとって天国と思えるような平和。私はそれを守ることを誇りに思っています」

楊警監がうなずいた。

「わが国は、常に剣を突きつけられているような状態です。ですから、はっきりとそうおっしゃることができるのをうらやましく思います」

そのとき、倉島の携帯電話が振動した。

林春美からの着信だ。彼女が連絡窓口になるというので、電話番号を交換したのだ。

「失礼します」

倉島は楊警監にそう断り、席を立って電話に出た。

「林さんですか？　どうしました」

「こんな時間に申し訳ありません。言い忘れたことがあるので、それをお伝えするようにと、島津に言われました」

「言い忘れたこと……？　何でしょう？」

「直接お会いしてお伝えしたいのです。どちらにいらっしゃいますか？」

「申し訳ありませんが、食事の最中です」

「すぐにおいとまします。どちらでお食事をされていますか？」

倉島はレストランの名前を言った。

「そこはよく知っています。では、二十分ほどで参ります」

来るなとは言えない雰囲気だった。

相手が日本人なら、「食事をしている」と言うだけで事情を察して遠慮したかもしれない。

先方に配慮を期待してはいけない。はっきり言わないと物事は伝わらない。それが、世界の常識なのだ。

席に戻って、倉島は言った。

「失礼しました。先ほど話題に出たニッポンＬＣの人からでした。伝えたいことがあるので、ここに来ると言っていました」

楊警監が何か言って、それを劉警正が訳した。

「最近は、礼儀を知らない者が増えました」

倉島は言った。

「今から電話をして断ってもいいですが……」

すると、楊警監は片手を振って言った。

「いいえ、かまいません。用事はすぐに終わるのでしょう？」

「先方はそう言っていました」

楊警監はうなずいて、食事を続けた。

そして、言葉どおり電話の二十分後に、林春美が姿を見せた。

劉警正が彼女に言った。

「ニッポンLCの人というのは、あなたでしたか。私はてっきり島津さんがいらっしゃるものと思ってました」

日本語だった。倉島と西本に気を使ったのだろう。

楊警監がぽかんとした顔で、林春美を見つめていた。そして、慌てた様子で劉警正に何事か言った。おそらく、彼女は誰だと尋ねているのだろう。

倉島が林春美に言った。

「こちらは、警政署の楊警監特階です」

すると、林春美は台湾華語で楊警監に何か言った。自己紹介をして挨拶をしたに違いない。

驚いたことに、楊警監が立ち上がった。

そうなると、劉警正や倉島、西本も立ち上がらざるを得ない。

林春美は落ち着いた様子で、まず台湾華語で何か言い、それを自分で日本語に訳した。

「どうぞ、食事をお続けください」

すると、楊警監が何事か言って、空いている椅子を指さした。

劉警正がそれを倉島と西本のために訳した。

「食事はお済みですか？　もしまだなら、ごいっしょにどうです？　楊警監はそう言っています」

これが美貌の力だ。男は女性の魅力には抗《あらが》えないのだ。

林春美が倉島に尋ねた。

「ごいっしょしてよろしいでしょうか」

「楊警監がそうおっしゃっていますので……」

彼女は椅子に腰を下ろした。楊警監の隣の席だ。

さっそく皿やグラス、ナプキンが運ばれてくる。

楊警監がビールを勧めた。

「さあ、乾杯しましょう」

断るかと思ったら、林春美は笑みを浮かべてグラスを差し出した。

乾杯をすると、倉島は林春美に尋ねた。

「島津さんが言い忘れたことというのは、何でしょう？」

「実は、サイバー攻撃はまだ終わったわけではないのです」

倉島は、持っていた箸を取り落としそうになった。

「それは、きわめて重要なことで、言い忘れるようなことではないでしょう」

日本語の会話を、劉警正が台湾華語に訳して楊警監に伝えている。

林春美は涼しい顔でこたえた。

「言い忘れたというのは、日本の方独特の婉曲《えんきょく》な言い方でしょう。きっと、島津は、いろいろと考えた末に、やはり伝えたほうがいいという結論を出したのだと思います」

「それで、我々に会いにくるように、あなたに命じたということですね？」

「そういうことだと思います」

「そんなことを、私に言ってしまっていいのですか？」

「事実ですから、かまわないと思います」

そのとき、楊警監が林春美に何か言った。彼女はそれにこたえてから、日本語に切り替えて言った。

「サイバー攻撃の被害は出ているのかと訊かれたので、実際に金銭的な被害は出ていないとおこたえしました」

倉島は聞き返した。

「金銭的な被害は出ていない？　つまり金銭的でない被害が出ているということですか？」

「それについては、ここでお話しすることはできません」

劉警正は、楊警監に通訳を続けている。

「ごもっともです」

楊警監が言った。「では、どうすればいいでしょう？」

林春美が日本語で言い、それを劉警正が楊警監に通訳した。

「会社に来ていただければ、詳しくお話しします」

楊警監がうなずいた。

「わかりました。では、今夜は食事を楽しむとしましょう。倉島さんの研修が無事に終わったお祝いなのです」

林春美は日本語で倉島に尋ねた。

「研修？　何の研修ですか？」

「公安捜査の研修です。私が講師でした」

「研修の講師をなさるほど、偉い方だったのですね」

林春美が目を丸くしたので、倉島は苦笑した。

「いや、そういうことではありません」

ふと、西本を見ると、やはり林春美には関心がなさそうだった。彼はさかんに、店内に視線を走らせている。警戒しているのだろうが、それがいかにもわざとらしかった。

そうしなければならないという強迫観念にとらわれているのではないだろうか。

劉警正に話しかけられたが、西本に気を取られていて、何を言われたのかわからなかった。

「すみません。何です？」

「月曜の、朝一番でニッポンLCに行きましょうかと言ったのです」

「そうですね……」

倉島は林春美に言った。「月曜の朝、島津さんにアポイントメントを取っていただけますか？」

「十時でよろしいですか?」

「けっこうです」

「では、十時にお待ち申し上げております」

　用事が終わったので、彼女は席を立つのではないかと倉島は思ったが、そうではなかった。林春美は料理を味わい、ビールを飲み、楊警監と楽しそうに会話を続けた。

　なるほど、台湾の人は食事を楽しむことを忘れないのだなと、倉島は感心した。

　一方で、西本はどうにも落ち着かない。食事や酒を楽しんでいる様子もないし、会話にも参加しようとしない。

　一度気にしはじめると、西本の様子がどんどんおかしく感じられてくる。倉島は、話しかけた。

「初めての台湾の感想はどうだ?」

「は……?」

　西本は、驚いたように倉島を見た。

「どうしてそんな顔をするんだ?」

「いやあ、出張ですから……」

「出張だって、海外旅行には違いないんだ。何か感想があるだろう」

「暑いですね」

「それだけか」

「ええと……。他に考えることがたくさんありますから……」

　ホテルに戻って、二人きりで話をしたほうがいい。倉島はそう思った。

8

午後八時過ぎに解散となった。倉島と西本は、張警佐が運転する車で、ホテルに戻った。ロビーでエレベーターを待っているときに、倉島は西本に言った。

「ちょっと話がある。部屋に寄ってくれないか」

「了解しました」

部屋に戻ると、倉島は冷蔵庫からミネラルウォーターのペットボトルを出した。グラス二つにそれを注ぎ、小さなテーブルの上に置いた。

部屋にはソファが二つある。倉島はその一つに腰かけ、西本に言った。

「まあ、座ってくれ」

「はい」

西本はもう一つのソファに腰を下ろす。倉島がミネラルウォーターを飲むと、西本もグラスに手を伸ばした。

彼は言った。

「話というのは、月曜の捜査についてですか？」

「それもある」

「別の話もあるということですか？」

「そうだ。正直にこたえてくれ」

「何でしょう」

「最近、調子はどうなんだ？」

西本は不安そうな顔になる。

「調子ですか？　普通ですが」

「普通か……」

「自分に何か落ち度がありましたか？」

「そういうことではない。体調などに変化はないかと思ってな」

「体調……？」

「夜はよく眠れているか？」

西本は、ごまかすような笑みを浮かべた。

「いったい、何なんです」

「林春美をどう思う？」

西本が再び、不安そうな表情になる。

「自分はテストされているのでしょうか」

「そうじゃない。まあ、男同士の雑談だ」

「林さんは、とても優秀そうですね。島津さんの信頼も篤いようです。日本語がうまいので驚きました。まるで母語のようです」

「ちゃんと見ているんだな」

西本の表情が引き締まる。

「観察は怠りません」

倉島は、小さく溜め息をついた。

「俺が言いたいのは、そういうことじゃないんだ」

西本の表情が曇る。

よく表情が変わる。これは心理的に不安定なことを意味している。抑鬱状態の初期によく見られる。症状が進むと逆に、表情が失われていくのだ。

西本が聞き返す。

「自分の観察が足りないということでしょうか？」

「いや、そういうことでもない。いい女だと思わないか？」

「は……？」

「食事をしているときに、台湾の感想を訊いたな」

「はい」

「おまえはただ、暑いとだけ言った」

「そうでしたっけ……」

「初めて台湾に来たんだ。何か印象に残っていることはないのか？」

西本は考え込んだ。

「考えるんじゃなくて、感じたことを言ってほしいんだ」

「このホテルを見たときに、立派なので驚きましたね」

「その他には……？」

「あ、そういえば、何だか日本にいるみたいだと感じました。町の雰囲気とか……」

「それは、俺が先に言ったことだな」

「自分もそう感じました」

「他には……？」

「さあ……」

西本は困ったように言った。「改めてそう訊かれても……」

「俺が林春美さんのことを尋ねたのは、ああいう女性が突然現れたら、男の感情が刺激されるからだ」

「ああいう女性というのは？」

「魅力的な女性ということだ」

「倉島さんが、そういう発言をするとは思いませんでした」

「おまえは何度かそういうことを言っているが、俺を何だと思ってるんだ？」

「ゼロ帰りのエースでしょう」

「ゼロの研修を受けたことは間違いない。だが、エースではない」

「でも、作業を計画・実行しているでしょう？　それって、自分から見れば立派なエースですよ」

「俺はエースじゃないし、ごく普通の感情を持っている。だから、美人を見ればでれでれするし、酒を飲めば酔っ払う」

「あの……」

西本がぽかんとした顔で言った。「何がおっしゃりたいのでしょう……」

「つまりだ。おまえは、ゼロから帰って来て、ちょっとおかしいんじゃないのか、ということだ」

「おかしい……？　どういうふうにですか？」

「感情がうまく働いていないというか……」

「そんなことはありません」

「自覚がないのかもしれない。もう一度訊くが、夜はちゃんと眠れているのか？」

西本は即答しなかった。

「眠れています。ご心配には及びません」

本当は、あまり眠れていないなと、倉島は思った。

「本当のことを言ってくれ。でないと……」

「自分はいたってまともです。感情がうまく働いていないとおっしゃいましたね？　公安マンが作業をするときに、感情なんて邪魔なだけでしょう。だから、もし倉島さんが自分のことをそう感じておられるのだとしたら、それはいいことなのだと思います」

眼が血走ってきた。興奮してきたに違いない。もう少しで、自分を抑えきれなくなるのではないか。倉島は、そう思いながら西本を見ていた。

しかし、すんでのところで彼は自制したようだ。声のトーンを落として言った。

「林さんのことをどう思うか、なんていう話じゃなくて、自分にまずいところがあるのなら、具体的に指摘してください」

「まずいところなどない。きわめて優秀に見える。それが逆に問題なのではないかと思っている」

「それは、言いがかりじゃないですか。自分にどうしろと言うんです」

「まずは、自覚することだ」

「何でもないのに、何を自覚しろと……」

「ゼロの研修が悪影響を及ぼしているのではないかと思う」

「そんなことはありません。自分は、ゼロ帰りであることを誇りに思っています」

「そういうことではないんだ」

西本は言った。

「痛くもない腹を探られるのは不愉快です」

「大怪我をしてからじゃ遅いんだ。まずは自分をちゃんと見つめることだ」

「精神科にでも行けと言うんですか。まっぴらですね。自分はどこも悪くありません。頭の中もクリアです」

西本は突然立ち上がった。

「他に話がなければ、失礼します」

倉島は引き止めなかった。

指摘はした。あとは、西本本人が考えることだ。

彼が部屋を出ていき、ドアが閉まる音がした。倉島は、グラスのミネラルウォーターを飲み干した。

翌日の日曜日、西本は、何事もなかったように倉島に「おはようございます」と挨拶をした。これはよくない兆候だと、倉島は思った。

腹を立てていたり、気まずそうな様子を見せたほうがよかった。昨夜倉島が言ったことを気にしているということだからだ。

いつもと変わらない様子なのは、つまり、自分を変える気がないということだ。早く気づいてくれないと危険だ。

西本本人の身の危険であると同時に、いっしょに仕事をする倉島にも危険が及ぶ恐れがある。

公安、特に外事警察は、ぎりぎりのところで外国のスパイと渡り合わなければならない。小さなことが命取りになる。

西本も、理屈ではわかっているはずだ。だが、自分がおかしいということを認めたくないのだ。また、心を病んでいる者ほど、その事実に気づかないものだ。

日曜日だが、旅先なのだから食事くらいいっしょにとらないと不自然だと思い、朝食に誘った。だが、その後は別行動にした。一人で考える時間があったほうがいいと思ったのだ。

結局朝食の後は、西本から一度も連絡はなかった。

月曜日の朝、ホテルに劉警正と張警佐が迎えにきて、倉島と西本はニッポンＬＣに向かった。

先日の一階のブースではなく、五階の会議室に案内された。

島津がその部屋で待っていた。部屋の中央にテーブルがあり、それをぐるりと椅子が囲んでいる。

島津は座ったままで言った。

「よく来てくださいました」

倉島はこたえた。

「捜査にきて、そう言われたのは、たぶん初めてですよ」

「こちらからお願いして、来ていただいたのですから……。まあ、おかけください」

倉島、劉警正、西本の三人が、部屋の奥に並んで座った。倉島の向かい側が島津。その隣、つまり、劉警正の向かい側が林春美だ。

ノックの音が聞こえて、コーヒーが運ばれてきた。陶器のカップだった。かつて、企業では主に使い捨てのプラスチックカップを使うところが多かったが、ＳＤＧｓなどとさかんに言われるようになり、こういうコーヒーカップがまた増えてきた。

コーヒーを出すタイミングが、いかにも日本企業だと倉島は思った。海外法人でも、こういう風習は変わらないようだ。

これが外資系の企業なら、飲み物は各々自分で用意するはずだ。

「今でも、サイバー攻撃が続いているということですね？」

倉島が尋ねると、島津がこたえた。

「実はそうなんです。システムにバックドアがあるらしく、担当者はそれを必死で探しています」

「バックドアというのは、つまり、システムの侵入路ですね？」

「ええ、その言葉どおり、こっそり忍び込むための裏口ですね」

「私は実際に、プログラミングができるわけではないので、具体的にイメージできないんですが、バックドアというのは、つまりシステムに穴を開けられたようなものだと理解すればいいですね？」

「まあ、そうですね……。実際には、アルゴリズムの中に、ある条件で侵入を許すコマンドを紛れ込ませるのですが……」

「そこからランサムウェアが送り込まれるのですね？」

「はい。そのたびに、システムがダウンするので、本社システムの担当者は、うんざりしています」

「金銭的な実害はないとうかがいましたが……」

「身代金を支払ったりはしていないという意味です。システムダウンすれば、それだけ業務に支障を来《きた》しますので、それなりの損害はあります」

「工場のほうは無事なんですか？」

「ええ。今のところは……」

「今のところは……？　つまり、侵入される恐れもあるということですか？」

「何が起きるかわかりませんからね……」

そのとき、西本が発言した。

「本社と工場のシステムは別だということでしたね？」

先輩が質問をしている最中に口を挟むのは、本来許されることではない。最低限の礼儀として、一言許しを請うべきだ。

だが、倉島は気にしないことにした。積極的なのは悪いことではない。無理さえしていなければ……。

島津がこたえた。

「そういうことはお話ししたくないと申しましたが、そうも言っていられないようですね。ええ、おっしゃるとおり、システムは別です」

「工場は、外部のネットワークにはつながっておらず、独立したシステムだということですか？」

「ええ、そのとおりです。セキュリティーには充分な対策をしていますし、バックアップ態勢もばっちりです」

「だったら、侵入されることはあり得ませんよね？」

「私もそう思いたい」

そのとき倉島は、研修のときにサイバー担当の蔡俊宏警佐が言っていたことを思い出した。

彼は、外部のネットワークに接続されていないシステムにも侵入は可能だと言い切った。ハッカーも当然、彼と同じことを考えるはずだ。

西本が質問を終えたようなので、倉島は島津に尋ねた。

「先日お目にかかったときは、すでにランサムウェアを除去してシステムを復旧しているので、問題ないとおっしゃっていました。しかし、またこうしてお会いすることになりました。それは、どうしてです？」

島津がこたえる前に、西本が言った。

「待ってください。自分が質問している最中なんです」

これも、普通ならあり得ない一言だ。西本は、明らかに倉島に刃向かおうとしているのだ。よかれと思って話をしたことが、裏目に出たかな……。

倉島はそう思いながら言った。

「済まない。じゃあ、質問を続けてくれ」

西本が島津に言った。

「ランサムウェアに感染したのは、本社のシステムだとおっしゃいましたね？　そしてそれを除去された……。では、工場のシステムが感染したとしても、同様に除去できるということでしょうか？」

「何とも言えません。もちろん、除去する自信はありますが、万が一ということもあります。敵もあの手この手で攻めてきますからね。まったく同じランサムウェアを送り込んで来るとは限らないのです。コンピュータウイルスは常に進化しますからね」

西本はうなずいた。

倉島は西本に尋ねた。

「もういいか？」

西本は「はい」とだけこたえた。

別にどうしても訊きたかった質問ではないはずだ。自分を遮るように、倉島が質問をしたので、それに対抗しただけのことだろう。

倉島は島津に言った。

「先ほどの質問にこたえていただけますか？　どうして私たちとまた会おうと思われたのですか？」

「いろいろと考えましてね……。ここは、警察の方に相談したほうが得策だろうと……」

「何をどのようにお考えになったのですか？」

「身代金だけが目的のサイバー攻撃なら、わが社で対処はできます。まあ、先ほど申しましたように、業務が滞り、損失が出るわけですが、それよりも、わが社の技術力を外部に知られてしまうことの損失のほうがずっと大きい。そう考えていたのですが……」

「そうではない、と……？」

島津は、しばらく間を取ってから言った。

「敵の目的は金ではないのかもしれない。そう思うようになったのです」

「金ではない？　では、何なのです？」

島津がかぶりを振る。

「わかりません。わが社にダメージを与えること自体が目的なのかもしれません」

「つまり、いたずらだということですか？」

「いたずらで済めばいいのですがね……」

倉島は隣の劉警正と顔を見合わせた。

しばらく考えてから、倉島は質問した。

「つまり、御社の存続を危うくすることが目的だということですか？」

島津は顔をしかめて言った。

「現時点では、サイバー攻撃に対処できています。しかし、度重なるとそれだけ損害も増え続けることになり、担当者たちも疲弊していきます。そして、そのうちに限界点を超え、会社が危機的な状況に陥ることも考えられるわけです」

「だったら、最初からそう話してくださればよかったじゃないですか」

島津は肩をすくめた。

「意地になっているとね、迫り来る危機に気づかないものです。実を言うと、林に説得されて、あなた方にもう一度お目にかかることにしたのです」

倉島は驚いて、思わず林春美の顔を見た。

「林さんが、説得……?」

島津が言った。

「サイバー攻撃は序の口かもしれない。林はそう言いました。そして、もし、サイバー攻撃を皮切りに産業スパイが暗躍するようなことにでもなれば、我々だけでは対処できない。だから、警察に相談すべきだ、と……」

倉島は言った。

「林さんからお話をうかがってもよろしいですか」

島津はうなずいた。

「ええ、どうぞ」

倉島はあらためて、林春美を見た。彼女は落ち着いた眼差しを倉島に向けていた。

9

「サイバー攻撃が序の口というのは、どういうことでしょうか？」

倉島が尋ねると、林春美《リンチュンメイ》は流暢な日本語でこたえた。

「島津が申したとおりです。サイバー攻撃を仕掛けている犯人の目的は、会社にダメージを与えることなのかもしれないと考えたのです」

「この会社に反感を持つ者の仕業だということでしょうか？」

「そう。反感と言えるかもしれません」

「では、犯人が特定できるのではないでしょうか」

林春美はかぶりを振った。

「個人的に怨《うら》んでいるという意味ではありません。もっと一般的な意味です」

倉島は気づいた。彼女はわざと遠回しな言い方をしている。

「日本企業に対する反感ということですね？」

「そうです」

島津が居心地悪そうに、もぞもぞと身じろぎをした。

林春美はかまわずに言葉を続けた。

「政治的なスローガンとして、日本を排除しようとする勢力があります」

「台湾の中に、ということですか？」

「残念ながら、台湾の中にも存在します」

「台湾の中にも……? つまり、あなたは、台湾以外の国を念頭に置いているということですね?」

林春美がうなずいた。

「中国と韓国は、基本的に反日です」

すると、島津が会話に割り込んだ。

「台湾は親日だよ。それは、私が身をもって体験している」

林春美が言った。

「島津が申すとおり、台湾は基本的には親日です。しかし、わが社については、いろいろと批判が多いのは事実です」

「どのような批判ですか?」

「今や液晶の技術において、台湾は日本に引けを取らない。なのに、どうして日本資本の会社を台湾に作らなければならないのか。台湾が独自の会社を作ればいい。そういう批判です」

「それは筋が通らない批判ですね。日本が現地法人を作るということは、台湾に投資しているということじゃないですか」

「おっしゃるとおりですが、搾取していると考える人々もいるのです」

「搾取なんて、冗談じゃない」

島津が言った。「この会社はあくまで台湾法人だ。台湾の会社なんですよ。現地の人々を雇い、現地の役員によって運営されているんです。技術も惜しみなく共有している」

林春美は、ほほえんで島津を見た。

「我々社員はもちろんそれを理解しています。問題は、この会社を敵視している者がいるということなのです」

島津が、林春美の顔を見て、ふうっと大きく息をついた。怒りを収めようとしているのだ。

倉島は林春美に尋ねた。

「台湾の中にいる敵対勢力がサイバー攻撃を仕掛けてきた可能性があるとお考えですか？」

「可能性はあるでしょう。しかし、それよりも他の可能性を考えるべきだと、私は思います」

「つまり、中国や韓国といった国々ですね？」

「もし、犯人が中国人だとしたら、日本企業に損害を与え、なおかつ、台湾に対してプレッシャーをかけることができます」

「なるほど、一石二鳥ということですね」

すると、それまで黙ってやり取りを聞いていた劉《リウ》警正が発言した。

「それは、慎重に考える必要があります。証拠も見つからないうちから、被疑者について考えるべきではありません」

倉島はうなずいた。

「そのとおりだと思います。まだ犯人を予想できる段階ではありません」

倉島は、林春美に視線を戻して質問を続けた。

「あなたは、今のままでは会社が危険だと考えて、我々と話をするように、島津さんを説得したというわけですね」

「はい。何度もシステムに侵入されると、それだけで大きな損失が出ます。そのうちに、対処できないランサムウェアが現れるかもしれません。そして……」

「本丸の工場のシステムに侵入される恐れもあると……」

島津が手を振った。

「それはない。工場のシステムは独立しているんだ」

倉島は林春美を見て言った。

「どう思いますか?」

「百パーセント安全とは言い切れないと思います」

倉島は島津に言った。

「林さんは、こうおっしゃってますが……」

島津はしばらく考え込んでから言った。

「そりゃあ、何事も百パーセントなんてことはあり得ないさ」

「では、改めてサイバー攻撃に対処されている担当者にお話をうかがいたいのですが」

「担当者は私だよ」

「島津さんが責任者であることは承知しております。できれば、現場で実際に対処されている方とお話ししたいのです」

島津は、何事か小声で林春美と話し合っていた。

やがて、彼は言った。

「では、本社のシステム管理の現場担当者を呼びましょう」

「専門的な質問が必要になると思います。助っ人を頼んでいいでしょうか？」

「助っ人？」

「警政署のサイバー担当者です」

倉島の言葉に、劉警正が応じた。

「蔡《ツァイ》警佐ですね。すぐに連絡します」

劉警正は携帯電話を取り出し、その場でかけた。

同時に、林春美も携帯電話を出した。システム管理の現場担当者を呼んでいるのだろう。

劉警正が電話を切ると、言った。

「二十分ほどで来るそうです」

すると、林春美が言った。

「こちらは、五分ほどで参ります」

倉島は待つことにした。


林春美が言ったとおり、約五分後に一人の男性がやってきた。まだ若い男で、見た目は二十代前半だ。

林春美がその男性を紹介した。

「技術主任のマー・ヂォンジィォンです」

劉警正が、台湾華語で何か質問した。林春美のこたえを聞いて彼は、西本が開いているノートに、「馬正雄」と書き込んだ。

倉島はそれを覗き込んで言った。

「正雄というのは、やはり日本人の名前みたいですね」

劉警正がこたえた。

「台湾では人気のある名前です」

林春美が言った。

「日本の方には発音しにくいでしょうから、ジミー・マーとお呼びください」

倉島はうなずいた。

「そうさせていただきます」

基本的な質問から始めた。まず、年齢を尋ねると三十歳だというのでちょっと驚いた。見た目よりかなり年上だということだ。

ジミー・マーは林春美の隣に腰を下ろし、じっと倉島のほうを見ていた。その眼には何の感情も見て取れない。

「サイバー攻撃に対処されたのは、あなたですね？」

その質問を、劉警正が台湾華語に訳す。

ジミー・マーのこたえは、林春美が日本語に訳した。暗黙のうちに劉警正と林春美の役割が決まり、会話が進んだ。

「はい。私が中心になって対処しました」

「一人で対処したわけではないのですね？」

「一人では無理でした。手の空いている優秀なスタッフに手伝ってもらいました」

「どのように対処されたのですか？」

「まずは検出することですね。世界中のアクティビティー・データを参照します。サードパーティーのデータも利用します」

そろそろついていけなくなりそうだな……。

倉島がそう思ったとき、応援の蔡警佐が到着した。

劉警正が蔡警佐に、台湾華語で事情を説明する。その間、他の者たちはそれぞれの考えに耽《ふけ》る様子で黙っていた。

蔡警佐が劉警正の隣に腰を下ろすと、ジミー・マーに何か言った。

ジミー・マーがそれにこたえる。さらに、蔡警佐の質問。二人は、早口でやり取りを始めた。

劉警正はかぶりを振った。通訳しきれないという仕草だ。専門用語が多すぎて理解できないのだろう。

林春美は技術部門の社員なので、言葉の意味は充分にわかっているだろうが、ジミー・マーと蔡警佐の会話のテンポが速すぎて、こちらも通訳ができない様子だ。

倉島は、劉警正に言った。

「通訳されても、理解できそうにありません。後ほど、蔡警佐から説明してもらいましょう」

際限なく続くのではないかと思われた質疑応答が、ようやく終わった。

蔡警佐が劉警正に何か言った。劉警正がその言葉を日本語にして倉島に伝えた。

「この会社の技術力は、さすがです。セキュリティーについても、申し分ない。ジョン・ツァイはそう言っています」

倉島は尋ねた。

「普段は、蔡警佐を英名で呼ぶのですか？」

「ああ……。そうです。彼はそう呼ばれることを好みますので……。ネット上では、そのほうが通りがいいようです」

「なるほど。では、我々もそう呼ぶことにします。ジョン・ツァイ警佐は、ジミー・マー氏のサイバー攻撃対策に納得したということですね？」

すると、蔡警佐が英語で言った。

「ジョンと呼んでください。階級は必要ないです。ただのジョンでいいです」

蔡警佐は、アメリカ風がお好みのようだ。

劉警正が倉島の質問にこたえた。

「これまでのところは、百点満点をあげてもいいということです。ただ……」

「ただ？」

「島津さんもおっしゃったように、ランサムウェアは常に姿を変えます。新型のウイルスとの戦いは、まさにいたちごっこだと……」

倉島は、蔡警佐とジミー・マーの両方に尋ねた。

「いつか攻撃に対処できなくなるということですか？」

その質問を劉警正が台湾華語で伝えると、蔡警佐とジミー・マーが何やら話し合った。そして、ジミー・マーがこたえたのを、林春美が日本語に訳した。

「本社のシステムに侵入するのは、おそらく本気ではありません。わが社の技術力をチェックすることと、業務を妨害することが目的でしょう」

倉島は言った。

「本当の狙いは工場の技術情報だということですね？」

その言葉を劉警正が訳すと、ジミー・マーはうなずいた。

「もし、工場のシステムにランサムウェアが侵入して技術情報を盗まれ、それをネット上に公開すると言われたら、金を払うしかありませんね」

「しかし、工場のシステムは独立していると聞きました」

「はい。安全第一に考えていますので……」

倉島は蔡警佐に言った。

「そういうシステムでも安心はできないと、研修のときにあなたは言いましたね？」

劉警正を通して、蔡警佐がこたえる。

「はい。もし、ハッカーが個人ではなく、ある程度組織力を持っており、後ろ盾にどこかの国の政府などがついているような場合は、いくつかやりようがあります」

「ヒューミントを使うと、あのときあなたは言いました」

「はい」

「誰かがシステムを外部のネットワークにつなげてしまえば、侵入は可能だということでしたね」

「そうです」

「つまり、会社に工作員を送り込むということですね？」

「あるいは誰かをスパイにするのです」

倉島は島津に言った。

「工場のシステム担当の方にもお話をうかがう必要がありそうですね」

そのとき、西本が言った。

「なぜです?」

倉島は思わず聞き返した。

「なぜ……?」

「どうして、工場のシステム担当者に話を聞く必要があるんです? 我々はこの会社の安全対策にやってきたわけではないのですよ」

「説明が必要なのか?」

「はい」

「サイバー攻撃は、犯人がどこにいるかわからない。多くの場合、海外からの攻撃だ。そうなると、犯人を特定して身柄を押さえることはきわめて難しい。しかし、ヒューミントとなれば話は別だ。工場のシステムに侵入しようとすれば、実際に人が動く。それならば、身柄を取ることも可能だ」

西本は押し黙った。

倉島はさらに言った。

「工場のシステム担当者に直接協力を求めることで、何か工作をしようとする者を特定しやすくなるのではないかと考えた。何か、異論があるか?」

西本は眼を合わせずにこたえた。

「いいえ。ありません」

倉島たちの様子をうかがっていた島津が言った。

「工場の担当者を、ここに呼びましょうか?」

「お願いします」

島津が目配せすると、林春美が再び携帯電話で誰かと連絡を取った。

彼女が告げた。

「工場のシステム担当の主任、ホアン・ジィエンチョンとその部下たちが、五分後に来ます」

劉警正が、林春美に確認した後に、先ほどと同じく、西本のノートに名前を書き込んだ。

ホアン・ジィエンチョンは、「黄建成」と書くようだ。

五分を少々過ぎてから、三人の男性が会議室にやってきた。

黄建成は、三十代で少々太り気味だった。他の二人はやはり若い。若くなければコンピュータ技術の進歩についていけないのだろうと、倉島は思った。

黄建成は、不安気な顔で林春美に何か言った。

林春美が倉島に説明した。

「警察から呼び出されたので、何事かと恐れているようです」

「サイバー攻撃のことはご存じですね?」

林春美がそれを台湾華語で伝えると、黄建成はうなずいた。

「もちろんです。しかし、攻撃を受けたのは工場ではなく本社のほうです」

それに対して、ジミー・マーが何か言った。林春美がそれを訳した。

「本命が工場の技術情報だってことがわからないのか。ジミーはそう言っています」

黄建成が言い返す。

通訳されなくても、何を言っているのかだいたいわかった。

「そんなことは、おまえに言われなくてもわかっている」

そんな言葉を返したに違いない。

島津が言った。

「まあ、座ってくれ。こちらは日本の警視庁の刑事さんだ」

正確に言うと刑事ではないのだが、あえて訂正しなかった。日本でも私服警察官はたいていい「刑事」と呼ばれてしまうし、おそらく外国人にしてみれば、余計にどうでもいいことだろう。

黄建成たち三人が椅子に座る。席に余裕があったのだが、彼らがやってきてほとんど埋まってしまった。

黄建成の二人の部下は、王柏宇《ワンバイユー》と李宗憲《リーソンシイエン》という名だった。

倉島は、工場の独立したシステムでも、ヒューミントを使うことで、侵入される危険があることを述べた。

劉警正がそれを通訳し、蔡警佐が技術的な事柄を補足した。

「いや、しかし……」

黄建成は戸惑ったように言った。「工場に立ち入る人は厳しくチェックしています。IDカードがなければ工場には入れないし、いたるところに防犯カメラがあるので、怪しい人物がいれば、すぐにわかります」

倉島はうなずいた。

怪しい人物はすぐに発見されるだろう。だが、工作員は怪しい人物とは限らない。むしろ、まったく怪しくない人物がスパイとなるかもしれないのだ。

だが、それは今ここで説明する必要はないと、倉島は思った。

「おそらく、私たちは考え過ぎなのかもしれません。しかし、犯人の本当の狙いが、工場の技術情報だという可能性に、目をつむることはできないのです」

黄建成は、劉警正の通訳を聞き、しばらく考え込んでから言った。

「まあ、あなたの言うとおりかもしれないですね。……で、私たちに何をしろと……?」

倉島はこたえた。

「不審者はすぐに見つかるとおっしゃいましたね。まずそれを実行していただきます。その不審者の中にサイバー攻撃の犯人の仲間がいれば、一件落着です」

黄建成は肩をすくめた。

「別に難しいことはありませんね。普段どおりに仕事をしていればいいということですよね」

「そうですね。何かあったら、すぐに知らせてください」

「わかりました」

倉島は、黄建成の二人の部下を見て尋ねた。

「何か質問はありませんか?」

二人は顔を見合わせた。

王柏宇が質問し、それを劉警正が通訳する。

「不審者が見つからない場合はどうすればいいんでしょう?」

倉島はこたえた。

「当面は何もする必要はありません」

「同僚を互いに監視することになるのでしょうか?」

倉島はかぶりを振った。

「会社の皆さんに、我々の捜査の内容を話す必要はありません。むしろ、秘密にしたほうがいいかもしれません」

王柏宇は、曖昧にうなずいた。

李宗憲は何も言わなかった。疑問がないのか、あるいは、何を質問していいのかわからないのかもしれない。

倉島は時計を見た。十二時三十分になろうとしている。

「お忙しいところ、お時間を頂戴して感謝します」

倉島は、島津に言った。「今日のところは、これで失礼します」

島津が尋ねた。

「また来てくれるということだね?」

倉島はこたえた。

「そのつもりです」

10

西本は、警察官として望ましくない態度を取りつづけている。先輩に楯突《たてつ》いている。だが、倉島は責めたり非難するつもりはなかった。西本の精神状態は普通ではない。そんな彼を責めたところで何の解決にもならない。

精神が不安定な原因はゼロの研修だろう。研修自体はそんなに厳しいものではないが、参加者のプレッシャーは半端ではない。

これから自分が、日本の公安を背負って立たなければならないというプレッシャーだ。研修そのものよりも、その重圧がゼロの研修経験者を苛《さいな》むのだ。

もちろん倉島も経験している。だからこそ、西本を責める気になれないのだ。

自分はその重圧と不安をどう克服したのだろうか。倉島はそう自問した。

経験と時間。それしかない。実績を積み重ねることで、自信が生まれる。すると、積極的に仕事をこなすようになる。気がつくと、重圧はなくなっている。

いや、正確にいうと、重圧がなくなることはない。それが気にならなくなるのだ。

西本が自分自身でそれに気づくまで、辛抱強く待つしかないのだ。それまで、どんな言葉も無意味だ。

今、西本は倉島に反感を持っているようだ。そんな状態で、彼が自分の言葉に耳を貸すはずがないと、倉島は考えていた。

ホテルの近くの小さなレストランで昼食を済ませると、劉警正が倉島に尋ねた。

「どちらにお送りしましょう」

「一度、ホテルに寄りたいのですが……。その後、警政署に参ります」

「わかりました。ではホテルに向かいます。お迎えは何時にしましょう？」

「迎えの必要はありません。合同捜査ですから、もう客ではないのです」

「日本に送り出すまで、あなたがたはお客様です。遠慮はなさらないでください」

「迎えといっても、ホテルから徒歩で車道を渡るだけでしょう？」

「繰り返しになりますが、それでも、あなた方の安全を確保する責任があります。張《チャン》警佐がお迎えに上がります」

「わかりました。では、午後二時にお願いします」

張警佐が運転する車がホテルの前に着き、倉島と西本は降りた。

「では、後ほど」

劉警正がそう言い、車が走り去った。

倉島は西本に言った。

「では、午後二時にロビーで」

「了解しました」

二人はそれぞれの部屋に入った。

昼食後、直接警政署に行かなかったのは、警視庁に電話をしたかったからだ。

倉島は携帯電話を取り出し、公安総務課にかけた。

「はい。公安総務課」

「外事一課の倉島です。公総課長の指示で台湾に出張しているのですが、その報告をしようと思いまして……」

「作業班ですか？」

「そうです」

「でしたら、課長に直接報告してください。電話を回します」

しばらく待たされた。

「はい」

佐久良公総課長の声だ。

「倉島です。研修を無事に終えました」

「ご苦労さまです。では、すみやかに帰国するのですね？」

「サイバー攻撃を受けた日本企業の現地法人の件を探ってみました。どうやら、攻撃が続いているようです」

「それが何か……？」

佐久良公総課長の声は冷ややかだ。これはいつものことなので、倉島は気にせずに続けた。

「ニッポンLCという会社なのですが、攻撃を受けていることについて、相談されました」

「あなたは外事一課のロシア担当です」

「同時に作業班でもあります」

「だからといって、企業に対するサイバー攻撃はお門違いでしょう」

「日本の企業が危機に瀕《ひん》しているのです。これは公安の事案じゃないですか?」

「それはこじつけですね。研修が終わったのなら、すぐに帰国してください」

警察で課長の言いつけは絶対だ。一般企業の課長などとは別格だ。一介の捜査員が逆らうことなど許されない。

だが、ここで引くわけにもいかない。島津は倉島を頼りにしているのだ。

「たてまえは研修の講師でしたが、課長は暗にサイバー攻撃のことを調べろと、自分に指示なさいましたね」

「そんな指示をした覚えはありません」

「では、自分の勘違いだったのでしょうか?」

「そのようですね」

「では、勘違いついでに、あと三日、いえ二日だけ、調べさせてください」

無言の間があった。倉島は返事を待った。

やがて、佐久良課長が言った。

「一日だけです。明後日には登庁してください」

「ありがとうございます」

電話が切れた。

取りあえず一日稼げた。その後のことはまた、明日考えればいい。倉島はそう思った。

午後二時にロビーに行くと、すでに張警佐と西本がいた。相変わらず、西本は何も言わない。できるだけ倉島と会話をしないつもりのようだ。

倉島も無理に言葉を交わそうとはしなかった。

広い車道を渡って警政署に向かう途中、張警佐が英語で言った。

「今日は、別な部屋にご案内します」

倉島も英語で言った。

「いつまでも、応接室《ゲストルーム》を使うわけにはいかないでしょうからね」

「もっと、実用的《プラクティカル》な部屋を使っていただきます」

その言葉のとおり、案内されたのは使い勝手のよさそうな小会議室だ。ホワイトボードや映像モニターがある。中央にテーブルがあり、その周囲に椅子が並べられていた。

倉島たちが到着すると、すぐに劉警正と蔡警佐が姿を見せた。

倉島は言った。

「警視庁に連絡したところ、すぐに帰れと言われましたが、明日一日だけ猶予をもらいました」

劉警正が、眉をひそめて倉島の顔を見つめていたが、ふと気づいたようにその言葉を台湾華語にして蔡警佐と張警佐に伝えた。

それから、劉警正は倉島に言った。

「ニッポンＬＣの捜査をするのだと思っていました」

「そのつもりです」

「でも、明日一日しかないのでしょう？」

「いや、明日になったら、また一日延ばしてもらうつもりです」

「一日延ばす？　帰国をですか？」

「ええ。取りあえず一日と考えていますが、有効な説得材料が見つかれば、何日だって延ばせると思います」

劉警正は、半信半疑といった様子だ。

すると、西本が言った。

「それはあまりにも行き当たりばったりじゃないですか」

「そうかもしれない。だが、他に何か方法があるか？」

「計画が必要だと思います」

「たしかに計画は大切だ。だが今回は事前に計画を立てられるような状況ではなかった。そうじゃないか？」

西本は考え込んだ。彼が何も言わないので、倉島は言葉を続けた。

「行き当たりばったりと、おまえは言ったが、時にはそれも必要だ。臨機応変と言い換えたほうがいいと思うが……」

西本は眼をそらした。

劉警正が言った。

「明日はまた、ニッポンＬＣを訪ねますか？」

「はい。そのつもりです」

「何を調べますか？」

「蔡警佐……、いや、ジョンに訊きたいんですが、ハッキングの痕跡を見て、犯人がわかりますか？」

劉警正が通訳した。蔡警佐が聞き返す。

「それは、一般論として、ですか？」

「ええ、一般論でもいいです」

「優秀なハッカーが、侵入の痕跡を見れば、ある程度犯人の見当はつくでしょうね。一流の刑事は、窃盗犯の手口を見れば犯人の見当がつくでしょう。それと同じことです」

ハッカーという言葉には、犯罪者というイメージがあるが、本来はコンピュータやネットに通じている人々のことだ。悪意を持って不正アクセスするような連中は、ハッカーではなくクラッカーと呼ぶべきだという声もある。

蔡警佐は、本来の意味でハッカーという言葉を使っている。

倉島はさらに尋ねた。

「ニッポンＬＣのジミー・マーのハッカーとしての実力は、どの程度だと思いますか？」

蔡警佐は肩をすくめた。

「そこそこの腕だと思いますよ。ランサムウェアを実行前に処理したのは、伊達ではありません。まあ、私ほどではありませんがね」

最後の一言は冗談のように聞こえたが、おそらくは彼の本音だと、倉島は思った。

「ジミー・マーとあなたが手を組めば、ランサムウェアを送り込んでくる犯人の正体がわかるのではないですか？」

「その可能性は高いです。しかし、いくつか問題がありますね」

「どんな問題ですか？」

「まず第一に、犯人がこれまでに知られているハッカーかどうかわからない。多くのサイバー攻撃を実行すれば、それだけ痕跡が確認されますから、そのハッカーは特定しやすくなります。しかし、新参者だとしたら、正体はつかめないでしょう」

「他には？」

「ジミー・マーは、私に、サイバー攻撃の痕跡を見せようとはしないでしょうね。会社のシステムを私に見せることになりますから」

「犯人の目星が付けば、逮捕にこぎ着けられるかもしれません」

「それは、私にではなく、ジミー・マーに言ってください」

「そうしましょう。明日、話をしてみます」

劉警正が思案顔で尋ねた。

「ネット上で犯人を特定できても逮捕が難しいので、ヒューミント、つまりネット世界ではない現実の工作員を見つけ出して確保する……。そういう方針なのではないですか？」

倉島はうなずいた。

「そうです」

「では、サイバー攻撃の痕跡を調べても意味がないのではないでしょうか」

「島津さんは否定的でしたが、犯人がロシア人の可能性があると、私はまだ考えています」

「それはなぜですか？」

「なぜというか……。そうであればいいという、私の願望かもしれません。私は本来、ロシア担当なので……。犯人がロシア人となれば、捜査の大義名分も立つというわけです」

劉警正はあきれたような顔になった。

「それだけのことですか？」

「まあ、確証はまだありませんが、どうもロシアが絡んでいる。そんな気がするのです」

「そう都合よくはいかないでしょうね。あなたが捜査のために台湾に残るには、何か別な理由が必要でしょう」

「いや……」

倉島は言った。「それなりに蓋然性《がいぜんせい》のあることだと、私は思っています」

「ほう……。それはなぜです？」

「海外の企業にランサムウェアを送り込んで金品を要求するというのは、もともとロシアのハッカー集団の手口です」

劉警正がそれを台湾華語で蔡警佐に告げて、意見を求めた。蔡警佐の言葉を劉警正が日本語にする。

「しかし今では、どこの国のハッカーも同じようなことをやっています。何も、ロシアのハッカー集団に限ったことではありません」

「それでもなお、ロシアのハッカー集団は無視できないと思います」

それに対して、劉警正が言った。

「島津さんは、ウクライナ戦争以来、ロシアのハッカーは鳴りを潜めていると言っていましたが……」

「経済制裁で、銀行などの金融機関が対外的に機能していないことが理由でしたね。つまり、身代金を要求してもそれを回収する術《すべ》がないと……」

「はい」

「しかし、よくよく考えてみれば、回収の方法はいくらでもあると思います」

「どういう方法が……？」

「仮想通貨も規制の対象になっているということでしたが、どうやら逃げ道があると言っている専門家がいるようです」

劉警正はまた、蔡警佐に意見を求めた。蔡警佐が言う。

「対ロシア経済制裁で、仮想通貨が規制されているなんて、誰が言ったんですか。交換業者にロシアへの送金ではないか、確認を義務づける動きがありましたね。でも、そんなのはザルです」

倉島は思わず聞き返した。

「ザル……？」

「そうです。交換業者がいちいちそんな確認をすると思いますか？」

「どうでしょう……」

「いずれにしろ、抜け道はいくらでもあります。経済制裁の真っ最中でも、ロシアのハッカー集団が身代金を手に入れる方法はあります」

劉警正が、蔡警佐の言葉を訳し終えると、倉島に尋ねた。

「じゃあ、島津さんの判断に誤りがあったということになりますね」

倉島はうなずいて言った。

「その点についても、明日、話をしてみようと思います」

劉警正がうなずいた。

「わかりました。明日もまた、十時でいいですか？」

「はい」

「では、アポイントメントを取っておきましょう。九時半に、ホテルにお迎えに参ります」

「すいません」

倉島は、本当に申し訳なく思っていた。

劉警正が言った。

「他に何かありますか？　なければ、今日はこれで解散にしましょう」

「解散」だと言われたら、ホテルに戻るしかない。

西本は相変わらず必要最小限のことしかしゃべろうとしない。部屋に向かう途中、何か言いたそうにしていた。おそらく、この先どうなるのか気になっているのだろう。

そんなことは、倉島にだってわからない。結局、西本は何も言わなかった。

倉島が部屋に戻ったのは、午後三時頃のことだった。少しでもサイバー攻撃やハッキングのことについて知りたかったので、パソコンで調べることにした。

あっという間に時間が過ぎ、気づくと午後五時過ぎだった。夕食をどうするか考えなければならない。西本を放っておくわけにはいかないだろう。

いっしょに食事をする必要はないが、どうしたいか訊いてみるべきだろう。そう思っていると、部屋の電話が鳴った。

「林です」

「あ……。どうしました？」

「先ほどはどうも……。今夜のお食事はどうなさいますか？」

「予定はありません」

「よろしければ、いっしょにいかがですか？」

「喜んで……。しかし、西本を一人にするわけにはいきません」

「では、西本さんにもお声をかけましょう。六時にホテルのロビーで待ち合わせをしましょう」

林春美が声をかけてくれるというので、西本に電話をする必要がなくなった。それがありがたかった。夕食のためのレストランを探す手間も省けた。

食事は、ホテルからそれほど遠くない場所にある古いレストランで、林春美だけではなく島津もいっしょだった。

人数が多くて、倉島はむしろほっとしていた。もし、林春美と二人きりの食事などということになれば、いろいろと気をつかわなければならない。

島津はただ、日本人の客と食事ができるのを喜んでいる様子だった。台湾料理をたっぷりと味わい、明日のアポイントメントを確認して別れた。

翌朝、携帯電話の振動で起こされた。時刻は午前六時だ。相手は劉警正だった。

「どうしました?」

「リー・ソンシィェンが遺体で発見されました」

「誰ですって?」

「ニッポンLCのエンジニアです」

ようやく頭がはっきりしてきた。工場のシステムを担当していた李宗憲のことだ。

「遺体で発見……?」

「他殺のようです」

倉島はその言葉を繰り返した。

「他殺……」

11

「詳しいことはまだわかりません」

電話の向こうの劉警正が言った。「これからホテルに迎えに行きます」

「わかりました」

電話が切れたので、倉島はすぐに西本にかけた。すぐに電話がつながった。

やけに早起きだ。いや、眠っていなかったか、ひどく眠りが浅いかのどちらかかもしれない。

そう思いながら、倉島は李宗憲が殺害されたらしいと告げた。

「殺害……？　どういうことです？」

「まだわからない。これから、劉警正たちが迎えに来るから用意してくれ。ロビー集合だ」

「わかりました」

倉島は電話を切ってすぐに身支度を調えはじめた。戸惑っていた時間はごくわずかで、すでに警察官としての行動を取っていた。

六時半頃に、劉警正と張警佐が車で迎えに来た。倉島と西本はロビーにいて、彼らを待っていた。

倉島も西本も、劉警正たちがやってくるまで、ほとんど口をきかなかった。西本は、倉島と話したくないらしいし、倉島は事件について考えていた。

劉警正が言った。

「ニッポンLCに向かいます」

倉島が「はい」とこたえると、張警佐が車を出した。

「本社ビルには二度来てますが、工場は初めてですね」

劉警正が言った。倉島はうなずいた。

「企業秘密の宝庫でしょうからね。外部の人はなかなか足を踏み入れられないはずです」

制服を着た警察官が、規制線を張っている。その向こうに、私服の警察官らしい集団がいる。

倉島は、劉警正に尋ねた。

「あそこにいるのは刑事ですか？」

「そうです。分局の捜査員です。分局は日本で言うと警察署のことです。もうじき、新北市警察局の偵査隊の刑事も来るはずです」

日本では、所轄の刑事がまず駆けつけ、それから警視庁本部の刑事がやってくる。それと同じことだろうと、倉島は思った。

劉警正は、規制線の中に入ろうとはしなかった。鑑識と刑事たちの様子を黙って見つめている。彼が動かない限り、俺たちも動けない。倉島はそう思って黙っていた。

しばらくして、別の私服姿の一団がやってきた。劉警正が倉島に言った。

「新北市警察局の連中です」

倉島たちのそばを通り過ぎるとき、その中の一人が劉警正を見て何か言った。劉警正がそれにこたえると、胡散臭《うさんくさ》げな眼差しを倉島たちにも向けた。

彼らが規制線の中に進むと、倉島は尋ねた。

「彼は何を言ったんです？」

「警政署保安組のやつがこんなところで何をしている……。そう言いました。それで私は、我々は被害者を知っていると言いました」

「日本の警察では、刑事と公安は相性があまりよくないといわれていますが、台湾でもそうなのでしょうか？」

劉警正は肩をすくめた。倉島の質問にこたえる代わりに、彼は言った。

「今の刑事は、ジョン・ヂーミン。日本語読みでは鄭志明《ていしめい》です。私と同じ警正二階です」

「ところで、いつまでここでこうしているんです？」

「刑事の仕事を邪魔するわけにはいきません」

「では、どうするのです？」

「順番を待つのです」

倉島は、劉警正が言っていることを理解した。日本でも似たようなものだ。

殺人などの現場ではまず鑑識が作業をする。捜査員たちは、鑑識作業が終わるまでは現場に足を踏み入れることはできない。資料汚染の恐れがあるからだ。せっかくの証拠を台無しにしかねないのだ。

その後、所轄の刑事が調べる。それで事件性があるとわかると、今度は警視庁本部の捜査一課の出番だ。

もし、公安が関わるような事件であっても、強行犯の場合は刑事の仕事が終わるのを待たなければならないのだ。

遺体のそばにしゃがみ込んでいた新北市警察局の刑事たちが立ち上がった。そのタイミングで劉警正が規制線をくぐった。

倉島と西本はそれに続いた。

劉警正が鄭警正に話しかけた。鄭警正は無愛想な顔で返事をして、二人はしばらく何事か話をしていた。

やがて、遺体が運ばれていくと、刑事たちも散っていった。

倉島は劉警正に尋ねた。

「どんな様子なんです？」

「鈍器で殴られた上に、首を絞められて殺害されたということです」

「確実に殺したということですね」

「死亡推定時刻は、昨夜七時から十一時の間。解剖をすれば、さらに正確な時刻がわかるでしょう」

これは、日本も台湾も変わらない。倉島は言った。

「四時間ほどある幅が二時間ほどに縮まるということですね」

「そういうことだと思います」

死亡推定時刻に、倉島と西本は、島津や林春美と食事をしていた。それは偶然だろうかと、倉島は考えていた。

そのとき、玄関のほうから日本語が聞こえてきた。

「なんてことだ……」

島津だった。知らせを受けて駆けつけたのだろう。隣には林春美もいた。

倉島は劉警正に言った。

「彼らのところに行ってみましょう」

倉島たちが近づいていくと、島津が言った。

「いったい、どういうことなんです？」

倉島はこたえた。

「それをこれから調べるのです」

「遺体はどこですか？」

倉島は、劉警正の顔を見た。

劉警正が言った。

「汐止分局に運んだようです」

「間違いなく、李宗憲《リーソンシイエン》だったんですね？」

「そう聞いています。工場の人が確認していると思います」

林春美が尋ねた。

「死んでいるところを、誰が発見したのですか？」

日本語での質問だったので、劉警正が日本語でこたえた。

「工場の警備員だということです。見回りをしていて見つけたようです」

「警備員……？」

島津が言った。「そうだ。防犯カメラに何か映っていないのですか？　工場内にはいたるところに防犯カメラがあるはずです」

劉警正はその言葉を受けて、張警佐に何事か指示した。刑事に確認してこいと言ったのだろう。

張警佐は駆けていった。

島津が倉島に尋ねた。

「サイバー攻撃と関係があるのでしょうか？」

「まだ、わかりません。しかし……」

「しかし？」

「システム担当者が殺害されたのですから、無関係とは思えません」

「人が殺されるなんて……」

島津が独り言のように言った。

「どこかでお話をうかがえませんか？」

倉島がそう言ったとき、誰かが大声で何かを言った。台湾華語だ。声のほうを見ると、鄭警正が大股で近づいてきた。

劉警正が言った。

「会社の人間か？　話を聞かせろ。そう言っています」

倉島は言った。

「こちらが先だと言っても、聞いてくれないでしょうね」

劉警正がこたえた。

「たぶん……。彼は殺人の捜査が最優先だと思っているでしょうから」

倉島は島津に言った。

「刑事との話が終わったら、我々にも話を聞かせてください」

「警視庁が捜査を仕切るんじゃないのですか？　日本の企業ですよ」

「警察の捜査というのは、属地主義なんです。台湾でもそれは変わらないと思います」

「属地主義？」

「国内で起きた犯罪には自国の刑法を適用するという考え方です。つまり、台湾で起きた事件は台湾の警察が捜査をするということなのです。それに、ここは現地法人でしたよね」

鄭警正が苛立《いらだ》った様子で何事か言った。島津と倉島が日本語で会話しているのが気に入らなかったようだ。

島津が台湾華語を話せないと知り、鄭警正は舌打ちをしたが、林春美が通訳を買って出ると、態度が一変した。

彼女の美貌のせいだと、倉島は思った。

鄭警正が島津と林春美を倉島たちから離れた場所に連れていき、質問を始めた。倉島や劉警正は、またしても待ちぼうけを食わされることになった。

そこに張警佐が戻ってきた。劉警正が、彼の言葉を訳した。

「防犯カメラには、犯行の様子は映っていないようです。おそらく、カメラの死角で殺害したのだと思います」

倉島は言った。

「犯行そのものが映っていなくても、被疑者が映っている可能性はあります」

劉警正が肩をすくめる。

「刑事も同じことを考えるはずです」

我々の出る幕ではないと言っているのだ。たしかにそうかもしれない。

劉警正と張警佐は、再び何事かやり取りを始めた。張警佐は難しい顔をしている。

やがて、劉警正が日本語で言った。

「工場内には二十ヵ所に防犯カメラがあるそうです。刑事たちは、そのすべてのデータを集め、昨夜七時から十一時の間に映っている人物をリストアップするそうです」

ビデオの解析というのは骨が折れる。膨大な時間と人の手が必要だ。警視庁でも、かつては捜査員たちが必死で取り組んでいたが、捜査支援分析センター、通称ＳＳＢＣができてから、そこに依頼するようになった。

「映像から何かわかるといいのですが……」

「その他、何か見聞きした者はいないか、刑事たちが聞き込みを始めています」

「工場の人たちを順番に尋問するのですね？」

「協力してもらうしかありません」

しばらくすると、鄭警正の質問が終わり、島津と林春美が倉島たちのほうに近づいてきた。

「刑事っていうのはみんな、ああなんですかね？」

島津がそう言ったので、倉島は聞き返した。

「ああというと……？」

「まるで、私が犯人であるかのような態度です」

「まあ、警察官は、多かれ少なかれそういうところがありますね。疑うことが基本ですから……」

「昨日の七時から十一時の間、何をしていたかと訊かれましたよ」

「何とこたえたのですか？」

「あなたがたと食事をしていたとこたえました。本当のことですからね」

倉島はうなずいた。

「それでけっこうです」

そのとき、鄭警正が近づいてきて何か言った。それを、劉警正が訳した。

「島津さんと食事をしていたというのは本当かと訊いています」

「本当です。西本もいっしょでした」

倉島は、ちらりと西本を見たが、彼は無表情だった。

今日の彼はずいぶんとおとなしい。まだ腹を立てているのだろうか……。

鄭警正がまた何か言って、劉警正が通訳した。

「日本人同士で口裏を合わせているんじゃないだろうな。そう言っています」

鄭警正は、鋭い眼差しを倉島に向けている。だが、そんなものでひるむ倉島ではない。

「レストランで確認すればすぐにばれるような嘘はつかない」

それを劉警正がつたえると、鄭警正はさらに鋭い眼になって何か言った。そして、踵《きびす》を返して歩き去った。

劉警正の通訳を待つまでもなかった。何か捨て台詞《ぜりふ》を吐いたのだろう。

島津が言った。

「私たちから話を聞きたいんだったね。本社に行こう。ここじゃ話なんかできそうにない」

一行は、同じ敷地内にある本社ビルに移動した。

昨日と同じ五階の会議室に着くと、島津は椅子に腰を下ろして、大きく息をついた。林春美がその隣に座る。

向かい側に倉島と劉警正が座った。西本と張警佐は、少し離れた場所に並んで座った。

島津が倉島に言った。

「サイバー攻撃の特徴は、人が死んだり傷ついたりしないということなんじゃないのですか？」

「ええ、そうですが、今回の件は身代金目的とは言い難いので、少々犯罪の性格が違うかもしれません」

「犯罪の性格が違うというのは、どういうことですか？」

「敵はかなり強硬だということです。金銭目的、あるいは愉快犯のサイバー攻撃は、おっしゃるとおり、人が傷ついたりすることはありません」

「やはり、この会社を台湾から排除しようとしているのだろうか……」

「その可能性はあります」

「ならば、何が何でも犯人を捕まえてもらわないと……。第二、第三の李宗憲を出すわけにはいかない」

倉島はうなずいた。

「わかっています。そのためにも、お話をうかがわせてください」

「何が訊きたいのでしょう」

「李宗憲さんに、何かトラブルの様子はなかったでしょうか?」

「さあね……」

島津はこたえた。「李宗憲は工場で働いていたし、私は本社にいるので、滅多に顔を合わせることはなかった」

「昨日以前に最後に会われたのは?」

「一週間くらい前だったかなあ……。サイバー攻撃について本社のシステム担当と、工場の担当で話し合いをしたんです」

それを補足するように、林春美が言った。

「その会議があったのは、九月九日月曜日です。重陽の節句だったので、間違いありません」

倉島は尋ねた。

「参加者は?」

「島津CTO、本社の技術主任のジミー・マー、工場のシステム担当の黄建成《ホアンジイエンチヨン》、王柏宇《ワンバイユー》、李宗憲、そして私です」

「その席で、何か気になる話は出ませんでしたか?」

島津が聞き返した。

「気になる話……?」

「ええ。どんなことでもけっこうです」

「サイバー攻撃はシステム担当者にとって目下最大の関心事です。これほど気になる話はない。

それ以外は、これといってなかったですね」

倉島は、林春美に尋ねた。

「あなたはどうです?」

「気になる話題はありませんでしたが……」

「が……?」

「会議の途中から、陳復国《チエンフーグウオ》がやってきて……」

「チェン・フーグォ?」

倉島が聞き返すと、島津が言った。

「ああ、広報課です。あなたがたも会っていますよね」

「我々が会社をお訪ねしたとき、最初に出ていらした方ですね」

「そう。あいつは、何にでも首を突っこみたがる」

「でも、あれ以来、お目にかかっていませんが……」

「自分の得にならないことはやらないし、面倒なこともやらない。私が出てきたので、自分の出番はないと思っているのでしょう」

「陳さんは、何をしに会議にいらしたのでしょう?」

「サイバー攻撃のことは世間に知られていますから、当然マスコミの取材なんかもあります。それに対処するのは陳たち広報課ですから、情報を仕入れに来たのでしょう」

「なるほど……」

倉島は、この場で張警佐だけが日本語を理解できないことに気づいた。これまでの会話はすべて日本語だったので、張警佐だけが理解できていないということになる。

劉警正は通訳をするつもりはなさそうだ。それについて、張警佐はまったく気にした様子はなかった。

必要なことは後で知らされるはずだと割り切っているのだろう。今の西本とは大違いだ。そう思わざるを得なかった。

劉警正が日本語で尋ねた。

「李宗憲の行動を、社内で最もよく把握しているのは誰でしょう?」

島津がこたえた。

「そりゃあ、上司の黄建成じゃないかなあ……」

林春美が言った。

「同僚の王柏宇は、いつも行動を共にしているので、彼も李宗憲についてはよく知っているはずです」

劉警正がうなずいて言った。

「その二人に話を聞きたいのですが」

島津がうなずくと、林春美が携帯電話を取り出した。工場に連絡をするようだ。

しばらく台湾華語の会話が続いた。彼女は台湾華語のまま劉警正に何事か言った。

劉警正も台湾華語でこたえる。きっぱりとした口調だった。

倉島は劉警正に尋ねた。

「何の話です?」

「新北市警察局の者が、黄建成たちに、誰とも接触するなと言ったそうです。それで、どうしたらいいかと尋ねられました」

「どうこたえたのです？」

「気にすることはない。こちらは警政署と日本の警視庁だ。話をしに来てくれ。そう言いました」

12

十分ほど経った頃、部屋に黄建成がやってきた。顔色が悪かった。部下が殺害されたのだから
それも不自然ではないと、倉島は思った。

林春美の隣に腰を下ろすと、黄建成は不安気に倉島と劉警正を見た。

倉島は尋ねた。

「最後に李宗憲さんと会ったのはいつですか？」

それを劉警正が通訳する。

「昨日の午後五時頃のことです」

島津が補足するように説明した。

「午後五時は、第一班と第二班の交代時間です」

「交代時間……？　工場は交代勤務なのですか？」

「はい。三交代の二十四時間態勢です。管理部門は日勤ですが」

これは警察にもお馴染みの勤務体系だ。警察官になるとまず地域課で交代勤務を経験する。

倉島は言った。

「三交代二十四時間態勢なら、犯行の時間には工場に大勢人がいたということですね」

劉警正の通訳で尋問が進む。

黄建成がこたえた。

「はい、もちろん」

「では、犯行を目撃した人がいるのではないですか？」

「そうかもしれませんが、それは私の知らないことです。私は、李宗憲と引き継ぎをして、午後五時に帰りました。目撃者がいたかどうかを調べるのは警察の仕事でしょう」

「おっしゃるとおりです。ただ、気になるのは、二十四時間従業員が絶えない工場で犯行があったということです。殺害するには、もっと人目がない場所と時間のほうがリスクが少ないと思うのですが……」

黄建成は肩をすくめた。

「それを、私に言われても……。ただ、だからこそ、犯行がうまくいったんじゃないですか?」

「だからこそ……?」

「ええ。誰も操業中の工場で殺人があるとは思わないでしょう。もしかしたら、その意外さが犯人の狙いかもしれません」

倉島は、その言葉に考え込んだ。

「それに……」

黄建成はさらに言った。「李宗憲の遺体が発見されたのは、人があまり通らない場所です」

「でも、発見現場は玄関でしたね。人の出入りがあるのではないですか?」

「ああ。従業員は、あの玄関をあまり使いません。従業員用の出入り口があって、たいていそこを使います。ですから、あの玄関の周辺はあまり人気《ひとけ》がないんです」

「なるほど……」

「だからといって、殺人が起きたなんて、信じられません」

「李宗憲さんに、最近何か変わった様子はありませんでしたか？」

「仕事は普通にしていました」

「プライベートでは？」

「知りません」

「知らない……？」

「ええ。仕事上の付き合いしかありませんから……。我々はみんなそうです」

「我々というのは……？」

「工場のシステム担当者です。私たちが相手をするのはシステムであって、人間ではありません。ですから、個人的な付き合いは必要ありません」

「必要がなくても、同じ職場にいれば、付き合いが生まれるものじゃないですか？」

「ああ……」

劉警正の通訳を聞いて、島津が言った。「そのへん、こっちはドライですなあ。仕事は仕事と割り切っているんです。特にシステム関係の部署ではそういう傾向が強いですね」

「そうですか」

倉島はうなずいてから、黄建成への質問を続けた。「でも、李宗憲さんの社内の行動について、最も詳しいのは直属の上司であるあなたですよね？」

「そうかもしれません」

「もう一度、うかがいます。李宗憲さんに何か変わった様子はありませんでしたか？　不自然な行動に気づいた、とか……」

黄建成はかぶりを振った。

「いいえ。何も気づきませんでした」

「噂のようなものを聞いたことはありませんか？」

「噂？　李宗憲についてですか？」

「ええ」

「いいえ、ありません」

「人に怨まれているというようなことはなかったでしょうか？」

「わかりません」

黄建成は肩をすくめた。「怨まれていようが、怨んでいようが、仕事がちゃんとできれば問題はありませんので」

「その仕事ですが、最近効率が落ちているとか、そういうことはありませんでしたか？」

「先ほども言いましたが、仕事はちゃんとしていました」

「そうですか」

倉島は、劉警正に尋ねた。「何か質問はありますか？」

劉警正はかぶりを振って「ありません」とこたえた。

次に倉島は、西本と張警佐に同じことを尋ねた。

西本は無言で首を横に振り、張警佐はそんな質問をされたこと自体に驚いた様子だった。

倉島は黄建成に言った。

「お時間をいただき、ありがとうございました。王柏宇さんにもお話をうかがいたいので、ここに来るように言っていただけますか」

黄建成はうなずいて席を立った。


王柏宇がやってきて、黄建成がいた席に腰を下ろした。黄建成は若かったが、王柏宇はさらに若い。まだ二十代なのではないかと、倉島は思った。

彼も黄建成同様に青い顔をしている。

倉島は、ほぼ黄建成に尋ねたのと同じことを王柏宇に質問した。そして、こたえもほぼ同じだった。

黄建成と違っていたのは、王柏宇は李宗憲と個人的な付き合いがあった点だ。

倉島は尋ねた。

「会社の外でも彼と会ったりしていましたか？」

「ビールを飲みにいったりしました。たまたま同じシフトに入ったときなど、仕事が終わった後に……」

「李宗憲さんに、お付き合いしている女性はいらっしゃいましたか？」

劉警正がそれを通訳すると、王柏宇は怪訝そうな顔をした。警察が、どうしてそんな質問をするのだと疑問に思っている様子だ。

殺人の動機の多くが男女間の揉《も》め事なのだ。だが、今ここでそれを説明する必要はないと思い、倉島は黙ってこたえを待っていた。

王柏宇がこたえた。

「いなかったと思います」

「誰かと揉め事を起こしているというようなことはありませんでしたか?」

「揉め事はしょっちゅう起こしていたと思いますよ」

「そうなんですか?」

「宗憲は、自信家でしたからね。絶対に意見を曲げようとしません。だから、会社の中でいろいろな人とぶつかっていました。僕と衝突したこともあります」

「社内で、特に李宗憲さんを怨んでいたとか、憎んでいた人は誰でしょう?」

「ええと……」

王柏宇は困ったように言った。「社内で意見が対立するのは珍しいことではありません。だからといって、怨んだり憎んだりする人はいないと思います」

「最も対立が多かったのは誰でしょう?」

「僕だと思います」

「あなたが……?」

「同じ部署にいて、同じシフトになることも多かった。ですから、ぶつかることも多かったのです。でも……」

「でも……?」

「今言ったように、仕事をしていれば、意見が対立することはよくあります。それで李宗憲のことを嫌いになったりはしません」

島津が言った。

「彼らはドライだと言ったでしょう。日本人みたいに、上司や同僚の顔色をうかがったりはしないんです。特に、技術系の連中はそうですね。引く手あまたなので、会社を辞めてもすぐに次の仕事が見つかりますから……」

倉島は王柏宇に眼を戻して尋ねた。

「あなたは、李宗憲さんと、サイバー攻撃についての会議に参加されましたね。九月九日月曜日のことです」

「ええ。出席しました」

「それについて、李宗憲さんは何か言ってませんでしたか?」

「サイバー攻撃なんてどうってことないと言っていました」

「どうってことない?」

「ええ。言ったでしょう。彼は自信家だったんです。どんな攻撃でもはねのけてやると言っていました」

「その発言に根拠はあったのでしょうか?」

王柏宇は、しばらく考えてから言った。

「根拠はどうかわかりませんが、自信はあったのだと思います」

倉島は質問を終えた。黄建成のときと同様に、劉警正、西本、張警佐の三人に質問はないかと尋ねた。誰も質問をしようとはしなかった。

倉島は王柏宇に礼を言って尋問を終えた。

王柏宇が部屋を出ていった直後、再びドアが開いて、鄭警正が姿を見せた。彼はひどく不機嫌そうな顔で何事か言った。

劉警正と林春美が無言で鄭警正を見返している。すると、鄭警正が再び何か言った。先ほどよりも、幾分か声が大きくなっていた。

倉島は劉警正に尋ねた。

「彼は何を言ってるのですか？」

「勝手に事件の関係者と接触をするなと言っています」

倉島は鄭警正に向かって言った。

「私たちは、殺人が起きる前から、この会社へのサイバー攻撃について捜査をしています。黄建成や王柏宇とは、以前から接触しているのです。今さら接触するなと言われて、はいそうですかと言うわけにはいきません」

劉警正はその言葉を台湾華語に訳して鄭警正に伝えた。

すると、鄭警正は吐き捨てるように言った。

「リーベングイズ」

通訳されなくても、倉島はこの言葉を知っていた。「日本鬼子」。日本人の蔑称《べっしょう》だ。

倉島はつとめて冷静な口調で言った。

「ここは日本資本の会社です。捜査の依頼があったので、我々日本の警視庁が調べています。それについて何か文句があるのならうかがいましょう」

それを劉警正が訳すと、林春美が付け加えるように何か言った。おそらく、捜査を依頼したことを裏付ける発言だろう。

鄭警正が言った。

「ここは台湾だ。日本の警察が、何の権限があって捜査しているんだ」

倉島はこたえた。

「我々は公安です。どこの国にいようと、そこにいる日本人を守るために戦うのが仕事です」

言いながら、これは詭弁《きべん》だと、倉島は自覚していた。犯罪捜査は日本も台湾も属地主義だと島津に説明したばかりなのだ。

鄭警正を追っ払うためには詭弁も必要だと、倉島は考えていた。

倉島の言葉を劉警正が告げると、鄭警正はもう一度「リーベングイズ」という言葉を使った。

ここは黙っているべきではない。日本人としてちゃんと抗議しなくてはならない。倉島がそう思ったとき、島津が大声で言った。

「出ていけ」

一同が島津に注目した。

島津は鄭警正を見据えて、言葉を続けた。

「我々を日本鬼子と呼ぶようなやつを、うちの会社に出入りさせたくない。すぐに出ていけ」

林春美がその言葉を台湾華語にして伝える。すると、鄭警正がそれにこたえた。林春美がそれを訳した。

「殺人の捜査なのだから、黙っていろ。彼はそう言っています」

すると、島津がさらに言った。

「いいから出ていけ。おまえなんかに捜査はさせない。うちの会社の物に指一本触れるな。言うことを聞かないと、新北市長に電話をするぞ。それでだめなら総統府に電話をする」

林春美が通訳すると、鄭警正は忌々しげにしばらく島津を睨《にら》みつけていた。島津も負けずに見返している。

やがて、鄭警正は何事かつぶやいて、部屋を出ていった。

島津が言った。

「まったく、許しがたいやつだ」

劉警正が島津に言った。

「鄭警正の暴言については、台湾人としてお詫びします」

「あなたが謝ることはありません。台湾人がどうのこうのという話ではない。どこにでも不心得者はいるということです」

倉島は言った。

「日本でも、強行犯を担当する刑事には、ああいうタイプが少なくないです。タフを売り物にしているのです」

「今度、あのようなことがあれば、私が対処します」

劉警正がきっぱりとした口調で言ったので、倉島はこたえた。

「それには及びません。我々が自分で何とかします。しかし……」

倉島は、島津に視線を向け、続けて言った。「本当に新北市長に電話をするつもりだったんですか？」

「ああ、そうですよ」

「総統府にも……？」

「ええ。先方が出てくれるかどうかはわかりませんがね。とにかく電話はできるでしょう」

「新北市や総統府にコネがあるわけではないのですね？」

「新北市や台北市とはそれなりに付き合いもあるが、さすがに総統府にコネはありません」

鄭警正に対する島津の言葉は、ブラフだったということだ。さすがに、海外で苦労をしている人物は腹が据わっている。倉島はそう思った。

「さて……」

島津が言った。「他に何か訊きたいことがありますか？　なければ、私たちは会社のマスコミ対応などを話し合わなければならない」

倉島はうなずいた。

「では、我々はいったん引き上げることにします」

「こういうことになると、陳復国が張り切るんですよ」

そう言うと島津は立ち上がり、林春美とともに出入り口に向かった。

車に戻ると、助手席の劉警正が後部座席の倉島に言った。

「犯人は、工場の事情に通じている人間のようです」

「そうですね」

倉島はこたえた。「犯人は、李宗憲のシフトを知っていたでしょうからね」

「昨日の李宗憲のシフトは、午後五時から夜中の一時ということですね」

「さらに、防犯カメラの死角を知っていたようです」

「玄関は人通りが少ないということも知っていたのでしょうね。だからこそ犯行場所に選んだわけです」

「社内で一番関係が深いのは、王柏宇ということになりますね」

倉島が言うと、劉警正が思案顔で言った。

「王柏宇が言っていましたが、だからといって王柏宇に動機があるわけではありません」

「李宗憲は、自信家だったようですね。サイバー攻撃をはね返すと言っていたらしい……」

劉警正が思案顔のまま言った。

「いったん、警政署に戻りましょう」

「そうですね」

倉島はうなずいた。「このへんでうろうろしていて、また鄭警正に会うと面倒です」

劉警正がこたえた。

「わかりました」

車が出ると、倉島は携帯電話を取り出して、警視庁の公安総務課にかけた。佐久良課長を呼び出してもらうと、挨拶もなしに彼は言った。

「帰国は何時です?」

それにはこたえずに、倉島は言った。

「殺人事件がありました」

「それがどうしました？　どこの国でも殺人は毎日起きているんです」

「現場は、ニッポンLCの工場でした」

一瞬の沈黙。

「サイバー攻撃と何か関係があるのですか？」

「まだ確証はありませんが、無関係とは思えません」

「確証がないなら、すみやかに帰国してください」

「捜査をしない限り、確証は見つかりません」

「私の指示に従わないということですか？」

「お願いしているのです。あとしばらく猶予をください」

そう言いながら倉島はこう考えていた。

さて、どうやって佐久良課長の首を縦に振らせるか。それが問題だ。

13

「殺人の捜査は現地の警察に任せるしかありません」

佐久良課長が言った。「そもそも殺人の捜査は公安の仕事ではないのです」

倉島はこたえた。

「日本企業で殺人が起きました。見過ごせません」

「殺害されたのは、日本人なのですか?」

「いえ、台湾人です」

「では、警視庁の出る幕ではありません」

「ニッポンLCが危機に瀕しています」

「ニッポンLCというのが、その日本企業の名前なのですね?」

「そうです。液晶を作っている会社です。サイバー攻撃はきっかけに過ぎませんでした。何者かが、ニッポンLCを台湾から排除しようとしているのです。それを阻止するのは、公安の仕事ではないですか?」

「そうは思いませんね」

「日本企業が無理やり台湾から撤退させられるというのは、国益を損なうことにも通じます。それと戦うのは外事警察の仕事だと思います」

「殺人の捜査なら、出張の延長は認められません」

倉島はさらに反論しようとした。すると、それを制するように佐久良課長の言葉が続いた。

「ただし、それが、日本と敵対する勢力と戦うオペレーションだとしたら、認めるしかありませんね」

「あ、それでは、こちらでの活動を許していただけるのですね」

「作業にするつもりですか？」

「はい。そのつもりです」

「もし、どうしても殺人の捜査で出張を延ばしたいと主張するのなら、休暇でも取って自腹で居残るように命じるつもりでした。しかし、作業となれば、そうはいかないでしょう。そのための費用も必要です」

「はい」

「理事官に連絡を入れてください。いつものように、領収書のいらない金を用意させます」

「ありがとうございます」

「報告はメモでかまいません」

「了解しました」

「何日くらいで片づきそうですか？」

「一週間はかからないと思います」

「日本と敵対する勢力と戦うのに一週間ですか。強気ですね」

「台湾の警政署に協力してもらいますから……」

「まあ、あまり日本を空けられても困りますからね。では……」

電話が切れた。

西本がちらりと倉島のほうを見た。

電話の相手が公総課長だということに気づいていたのだろう。話の内容が気になるのだ。

だが、向こうからは何も言おうとしない。いずれ説明しなければならないが、今は話しかけたくなかった。

精神状態が普通ではないとはいえ、西本の態度にはさすがに腹が立つ。だが、そうも言っていられない。

調子がおかしい部下や後輩がいたら、それをできるだけ早く、回復させてやらなければならない。

それが上司や先輩の役割なのだ。きれい事ではない。組織に属する者にはコストがかかっている。だから、それに見合う活動ができるようにする必要があるのだ。個人が遺憾なく実力を発揮することが、その組織を強くする一番の方策なのだ。

特に、西本はゼロの研修を受けている。それだけ多くのコストがかかっているということだ。彼にはいずれ、公安マンとしておおいに活躍してもらわなければならないのだ。

さて、どうしたものか……。

窓の外を眺めて、そんなことを考えていると、車は警政署に到着した。

警政署の小会議室に戻ると、倉島は、劉《リウ》警正に言った。

「すみません。もう一本、電話をかけさせてください」

「どうぞ」

倉島は、携帯電話を取り出し、公安総務課の理事官に電話をした。

「外事一課の倉島です。台湾にいるのですが……」

「ああ、佐久良課長から話は聞いてるよ。ええと……、携帯からかけてるの？」

「はい」

「じゃあ、詳しい話はできないな。費用を送ろう」

普通ならクレジットカードで立て替えておいて後で精算という手もある。だが、理事官からもらう金は、記録には残したくない性質のものだ。

だから常に現金で渡される。

理事官の言葉が続いた。

「そっちでは、どんな感じで活動してるの？」

「警政署を拠点にしています。協力してもらっていますので……」

「あ、じゃあ、警政署あてに送るよ。それでいいね」

「はい」

「取りあえず送るから、足りなくなったら言ってくれ」

「ありがとうございます」

「じゃあな」

電話が切れた。

西本はますます電話の内容が気になる様子だ。

それに気づかない振りをして、倉島は劉警正に言った。

「犯人は工場や被害者の李宗憲《リーソンシイエン》の行動に詳しいようでしたね。やはり、内部の人間の犯行でしょうか……」

劉警正が言った。

「犯人が内部の人かどうかはわかりません。しかし、内部の人が事件に関わっていることは間違いないと思います」

「関わっているのは、工場の従業員でしょうか。それとも、本社の人たちでしょうか」

劉警正は肩をすくめた。

「まだ何とも言えません。捜査は始まったばかりですし、私たちは事件を担当しているわけではありません。担当はあくまで、新北市の警察局と分局なんです」

倉島はうなずいた。

「そうですね。しかし、殺人事件の犯人がわからなければ、殺害の動機もわからないし、サイバー攻撃との関わりもわかりません」

劉警正は驚いた顔になった。

「関わりがあるのは明らかではないですか」

「しかし、確証がありません」

「確証は、必ず見つかります。大切なのは、筋道を考えることです」

なるほど、日本の警察でも「筋読み」は大切だと言われる。特に刑事でそういうことを言う人は多い。

「筋読み」と同様に「直観」を重視している刑事は少なくないということだ。「直感」ではない。心理学用語の「直観」だ。つまり、あれこれ考えずに、見たままぱっと認識することだ。

刑事は、犯人を一目見ただけで当てられるというのだ。そして、それはおおむね外れないらしい。それが直観だ。

問題は、それを証明することなのだ。検察官を納得させ、起訴に持ち込み、公判を維持するためには、物的証拠や自白が必要だ。

刑事はそのために日夜苦労をしているのだ。

倉島は試しに訊いてみることにした。

「あなたには、もう犯人の目星がついているのではないですか?」

劉警正は怪訝そうな顔をした。

「どうして私にそんなことをおっしゃるのですか?」

「筋道が大切だとおっしゃいましたが、直観を大事にする捜査員もたくさんいます」

「たしかに、証拠をかき集めるだけでなく、捜査員にはそういうものが必要だと思います」

「いわゆる捜査感覚ですね」

「はい」

「それで、質問のこたえは……?」

劉警正はかぶりを振った。

「いくら何でも、現時点で犯人を当てるのは無茶です。第一、我々はまだ犯人と出会っていないかもしれません」

「そうですね……」

そのとき、サイバー担当の蔡《ツァイ》警佐が何か言った。

それを劉警正が通訳した。

「敵の本当の狙いは、工場だったわけだと、彼は言っています」

倉島は、蔡警佐に尋ねた。

「工場から機密情報を盗もうとしたわけですね？」

劉警正が倉島の質問と蔡警佐のこたえを通訳してくれる。

「そういうことですね。本社へのサイバー攻撃は、いわば小手調べです。本社のシステムは外部、つまりインターネットとどこかで接続しています。クローズドのシステムに見えても、どこかでインターネットにつながっていれば侵入できる。そして、ニッポンＬＣの対サイバー攻撃の腕前を試したということです」

倉島は言った。

「ニッポンＬＣの対応には、合格点を上げられるのですね？」

「ランサムウェアを駆除して、自社のシステムをすぐに復旧させたのですから、もちろん合格点ですね。ただし……」

「ただし……？」

「今後、そのような対策が取れるかどうかは、疑問ですね」

「なぜです？」

「先ほど言ったとおり、本社への侵入は小手調べだったんです。敵の能力がどの程度かは未知数です。それに、こちらは対策をするための人員を一人削られましたよね」

殺害された李宗憲のことを言っているのだ。エンジニアらしいドライな言い方だと、倉島は思った。

「対策スタッフは、補充すればいいのではないですか？」

「基本的にはそうですが、システムと気心が知れている担当者がいなくなるのは痛いです。人員を補充しても、システムに馴染むまで時間がかかるでしょう」

「システムと気心が知れている担当者……？」

「ええ、そうです。システムって、そういうものです」

不思議なことに、コンピュータの世界の最前線にいる人たちは、しばしばこうした言い方をすることがある。

厳格なデジタルの世界にいながら、アルゴリズムやプログラムをまるで意思のある生き物、あるいは語り合える仲間のように感じているかのようだ。

システムが高度になればなるほど、そういう傾向が強まるらしい。つまり、それだけ複雑でデリケートだということなのだろう。

倉島も、使い慣れた道具に何かの意思を感じるようなことがあるが、それとはまた別の感覚なのだろうか。

「すぐに人員を補充したとしても、戦力の低下は免れ得ないということですね？」

蔡警佐はうなずいた。

「それに、どうしたって攻撃をしかけてくるほうが有利ですからね。受ける側は、システムに不具合が出てから、何が起きたのかを知ろうとします。その時点ですでに、攻撃側に後れを取っていることになります。対応は後手後手に回りがちですが、まあ、ジミー・マーはうまくやったほうじゃないですか」

「犯人はなぜ李宗憲を殺害したのでしょう？」

「裏切ったんじゃないですかねえ」

「裏切った……」

「ええ。じゃなきゃ、言うことを聞かなかったか……」

倉島は、劉警正に尋ねた。

「今の話、どう思いますか？」

「殺人犯が、サイバー攻撃を仕掛けてきたのと同一犯なら、筋が通ります」

「つまり……」

倉島は頭の中を整理しながら言った。「本社に対するサイバー攻撃で、ニッポンLCの技術力を把握した犯人は、本来の目的である工場へのサイバー攻撃を実行に移そうとした……。しかし、工場のシステムは外部のネットワークにはつながっていないので、誰かにつなげさせようとした……」

劉警正がそれを台湾華語に訳すと、蔡警佐がうなずいて言った。

「それを、李宗憲にやらせようとしたんじゃないでしょうかね」

「犯人は、李宗憲をヒューミントとして利用しようとしたということですね」

「おそらく、そうでしょう。間違いありませんよ」

「李宗憲は、それを実行しなかった……」

「ええ。それで殺されたのです」

倉島はさらに考えながら言った。

「工場に遺体を放置したのは、警告や見せしめの意味があるのではないかと思いますが……」

「それは考えられますね」

「だとしたら、工場に他にも犯人の仲間がいるということになりますね」

「仲間というか、何かを強制されている者たちでしょうね。でないと、警告や見せしめの効果はありません」

倉島は、劉警正に言った。

「李宗憲の身辺を、徹底的に調べる必要があります」

劉警正は苦笑を浮かべて言った。

「ですから、それは、鄭《ジオン》警正たち新北市警察局の仕事ですよ」

「そうですよ」

それまでずっと黙っていた西本が言った。「殺人の捜査は我々の仕事ではありません。鄭警正たちの邪魔をすべきではないでしょう」

倉島は西本にではなく、劉警正に言った。

「殺人の犯人を見つけるためではありません。サイバー攻撃のためのヒューミントを発見するためです」

劉警正は肩をすくめた。

「それでも、鄭警正は文句を言ってくるでしょうね」

西本が言う。

「詭弁に聞こえますよ」

倉島は、西本に向かって言った。

「詭弁だろうが何だろうが、やるべきことはやらなければならないんだ」

「余計なことに首を突っこむことはありません」

「余計なことではない。必要なことなんだ。公総課の理事官が、作業のための費用を送ってくれることになった。つまり、正式な公安の仕事になったということなんだ」

西本が目を丸くした。久しぶりに見た、素の反応だった。

「え……。作業のための費用……」

「そうだ。これを正式のオペレーションにするんだ。敵と戦うためにはまず、情報を仕入れることだ。そのためには、殺された李宗憲の身辺を洗うことが必要だ。そうじゃないか？」

西本はしばらく考えてからこたえた。

「おっしゃるとおりだと思います」

二人のやり取りを聞いていた劉警正が言った。

「わかりました。何とか、捜査ができるように、楊《ヤン》警監特階に相談してみましょう」

倉島は頭を下げた。

「お願いします」

台湾の捜査については劉警正に頼るしかない。その劉警正が言った。

「他に何かなければ、我々はちょっと失礼したいのですが……」

倉島はこたえた。

「もちろん、かまいません」

劉警正には彼の仕事があるはずだ。

「一時間ほどで戻るつもりです。では……」

劉警正、蔡警佐、張《チャン》警佐の三人が部屋を出ていくと、倉島は西本に言った。

「……そういうわけで、佐久良公総課長が出張の延長を認めてくれた」

「それを早く言ってください」

おまえの態度のせいで、話しかけたくなかったのだ。

そう思ったが、そんなことを口に出したところでいいことなど一つもない。

「そこで、おまえにやってもらいたいことがある」

「何ですか」

「オペレーションの計画を立ててくれ」

「え……」

西本は、口を半開きにして倉島を見つめる。何を言われたのか、にわかに理解できなかったようだ。

「台湾から日本企業を追い出そうとしているやつがいるんだ。そんなことを許すわけにはいかない」

「いや、しかし……」

「我々はそのためのオペレーションを実行する。理事官がそのための金を用意してくれる。おまえは、そのオペレーションの計画を立てるんだ」

倉島は、西本の様子を観察していた。

彼はまず、驚愕《きょうがく》していた。それが収まると今度は、うろたえはじめた。しばらく言葉を探している様子だったが、やがて彼は言った。

「経験がありません」

「何の経験だ？」

「オペレーションの計画を立てたことなどありませんし、作業自体の経験もありません」

「俺を手伝ったことがあるじゃないか」

「言われたことをやっただけです」

「泣き言を言うな」

「え……」

「ゼロの研修を受けたんだろう？　だったら、その成果を見せてみろ」

「いえ、ですが……」

「経験がないと言って尻込みしていては、いつまで経っても経験を積むことなどできない。今回がいい経験になる。さあ、すぐにかかれ」

倉島は、西本から眼をそらした。

西本は、座ったまま必死に考えをまとめようとしている様子だ。

これは賭けだった。

西本は、ゼロの研修の後遺症で、激しいストレスにさらされているのだろう。そこから脱却するには時間がかかるかもしれない。だが、待ってはいられない。

残る手は一つ。ショック療法だ。

ストレス下にある西本に、別の大きなストレスを与えるのだ。

うまくすれば、それが起爆剤となって西本は本来の姿を取り戻すだろう。その一方で、症状が一気に悪化する恐れもある。

さあ、どっちに転ぶか……。

それは西本次第だと、倉島は思った。

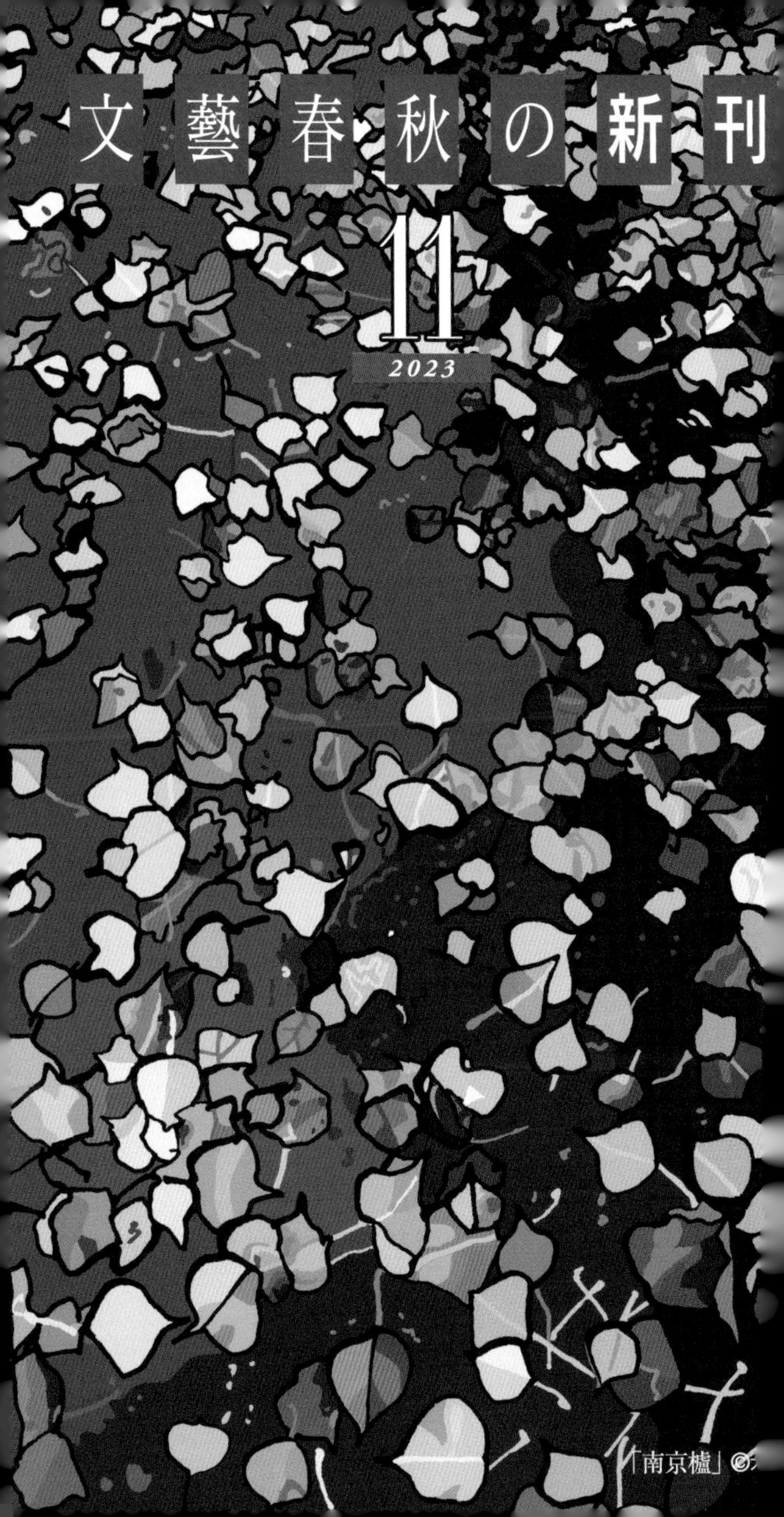
文藝春秋の新刊
11
2023
「南京櫨」©

●舞台は台湾へ。公安外事・倉島シリーズ第7弾！

今野 敏

台《タイ》北《ペイ》アセット

台湾警察に招かれた倉島はサイバー攻撃を受けた現地の日本企業に捜査を要請される。だが殺人事件が起き、日本人役員に疑いの目が…

◆11月14日
四六判
上製カバー装
1870円
391774-0

●大好評の〈仲田シリーズ〉第4弾！

天祢 涼

少女が最後に見た蛍

仲田の知られざる過去に迫る、最高にエモーショナルな社会派本格ミステリ

◆11月15日
四六判
並製カバー装
1870円
391779-5

●架空の県を舞台にした連作小説集

絲山秋子

神と黒蟹県

黒蟹は日本のどこにでもある、地味な県だ。そこで紡がれる人々の営みを、土地を描くことに定評のある著者が巧みに浮かび上がらせる

◆11月13日
四六判
上製カバー装
1980円
391775-7

公安外事・倉島警部補シリーズ第6弾！

ロータスコンフィデンシャル

今野 敏

825円
792122-4

「父親殺し」の葛藤に苦しむ刑事を描く渾身の警察小説

赤の呪縛

堂場瞬一

924円
792123-1

原作者・原田マハが、山田洋次の映画を自らノベライズ！ 奇跡のコラボ

お帰り キネマの神様

660円
792124-8

浮世絵からうまれた7つの名篇

しのぶ恋 浮世七景

諸田玲子

869円
792128-6

日本版『ダ・ヴィンチ・コード』登場！

聖乳歯の迷宮

本岡 類

990円
792129-3

彼女は女神か、悪魔か？ 大好評「〇〇者」シリーズ

傍聴者

折原 一

979円
792130-9

誰にも知られたくなかった素顔

14

劉警正が戻ってきたのは、彼が言ったとおり、約一時間後のことだった。いつものように、張警佐がいっしょだったが、蔡警佐は戻ってこなかった。

代わりに、楊警監特階が姿を見せたので、倉島は立ち上がった。西本が慌ててそれにならう。

彼らがやってくるまで、西本はずっとオペレーションの計画について考えていた。そして、倉島はそれを邪魔しないように、黙っていた。

「どうぞ、座ってください」

楊警監の言葉を劉警正が訳したが、倉島は立ったままだった。楊警監が座るまで、他の者は誰も座れないのは明らかだ。

楊警監が上座に座ると、倉島はようやく腰を下ろした。全員が着席すると、楊警監が何か言った。

倉島は、劉警正の通訳を待った。

「本来は、新北市警察局の仕事である殺人事件の捜査をしたいということですね？」

倉島はこたえた。

「はい」

こういう場合は端的にこたえるべきだ。説明は、求められたときにするのだ。

「劉警正も殺人事件の担当ではありません」

「存じております」

「それでも、敢えて捜査をしたいということなのですね？」

「はい」

「それは、なぜですか？」

説明を求められた。ここはしっかり話をする場面だ。

「その殺人事件が、日本の企業内で起きました。そして、その会社の役員から、捜査をするように依頼されました」

「日本の警察は、依頼されたらどんなことでも捜査するのですか？」

「そうではありません。しかし、今回は捜査するだけの理由があると判断しました」

「その理由とは？」

「その日本企業は、かねてからサイバー攻撃を受けており、我々は関心を持っていました。そこで殺人事件が起きました。被害者は、システム担当者でした。つまり、サイバー攻撃に対処する部署です。これは、無関係とは思えません」

「つまり……」

楊警監は、思案顔で言い、劉警正がそれを訳していく。「あなたはあくまで、サイバー攻撃についての捜査をするのであって、殺人の捜査をするわけではないということですね？」

「おっしゃるとおりですが、サイバー攻撃の犯人の目的を確認するためには、殺人犯の話を聞く必要があると思います」

「サイバー攻撃の犯人の目的とは、何のことです？」

「ニッポンＬＣという日本企業を台湾から追い出すことでしょう」

楊警監は、腕組をして大きく息をつくと言った。

「日本人としては、それは憂慮すべきことでしょうな」

「はい」

倉島はこたえた。「我々は、そういう勢力と戦わなければなりません」

楊警監と劉警正が、台湾華語で会話を始めた。

楊警監が、劉警正に意見を求めたらしい。彼らの話し合いはしばらく続いた。やがて、楊警監が、倉島を見て何か言う。それを、劉警正が日本語にした。

「新北市の警察局とやり合うのは気が重いが、何とかやってみましょう」

倉島は頭を下げた。

「面倒なことになり、申し訳ありません」

そこで楊警監は、にっこりと笑った。

「まあ、私の影響力を当てにしてくださっていいですよ」

そして、彼が立ち上がったので、倉島も起立した。


楊警監が部屋を出ていくと、倉島は劉警正に言った。

「楊警監と何を話し合っていたのですか？」

劉警正は肩をすくめた。

「ニッポンＬＣの事件は、台湾の公安にとっても重大な出来事だと言いました」

「それは、なぜです？」

「台湾に出資する海外企業を、何者かが追い出そうとしている。それは、台湾の国益に反することでしょう」

「我々を後押ししてくれたというわけですね。礼を言います」

「礼を言う必要はありません。私は、鄭警正の鼻を明かしてやりたいだけなのかもしれません」

劉警正がその程度の警察官だとはとても思えない。だから、これはおそらく冗談なのだろう。

「だとしても、感謝します」

「それで……」

劉警正が言った。「これからどうします？」

「戦います」

「戦う？」

「はい。公安、特に外事の仕事は、日本政府と敵対する勢力と戦うのが、本来の役目ですから」

「どうやって戦うのですか？」

劉警正の質問に、倉島はちらりと西本の顔を見てからこたえた。

「そのオペレーションを今、西本が計画しています」

劉警正が西本に言った。

「それは、頼もしい。早急に作成してください。我々もそれに従います」

西本が顔を上げてこたえた。

「これは、たいへん難しい問題です。簡単にオペレーションの計画などできるものではありません」

倉島は劉警正に言った。

「彼はとても謙虚なのです」

劉警正がうなずいた。

「日本人が謙虚なのはよく知っています」

言い訳など許さない。ここで彼に逃げ道を作ってやったら、ストレスに苛まれている今の状態から抜け出すことはできないだろう。

西本は、犯人に立ち向かうのと同時に自分自身にも立ち向かわなければならないのだ。

西本の計画作りがなかなかはかどらないようなので、倉島は言った。

「現時点で、どのようなことを考えている?」

西本が緊張した面持《おもも》ちでこたえた。

「サイバー攻撃と殺人事件の関わりを考えています。まず、それを明らかにしないと……。そうすることで、我々が殺人事件の捜査に関わる根拠がはっきりします。次に、新北市警察局との協力態勢について考慮しなければならないと思います。殺人犯が検挙された段階で、サイバー攻撃との関わりについて取り調べをする必要があり……」

さらに言葉を続けようとする西本を、倉島は制した。

「そういうのは計画とは言わない」

「では、計画というのはどういうものなのでしょう」

自分で考えろと言いたいところだが、そんな時間はないし、それではあまりに冷淡だ。

「まず、何を目指すのか目標を設定することだ。その目標も何段階かに分けたほうがいい。どの段階の目標を達成すれば、計画の成功とするか。それも決めておくんだ」

西本は、奥歯を嚙《か》みしめるような表情でしばらく倉島を見つめていた。やがて彼は言った。

「わかりました。今日一日時間をください」

「悪いがそんな時間はない。一時間だけやろう」

「無理です」

「泣き言を言うなと言っただろう。ホテルの部屋にこもってもいい。一時間経ったら、ここに戻ってこい」

西本は、むっとした顔で何か言おうとしていたが、倉島は畳みかけるように言った。

「さあ、もう時間がないぞ」

西本は立ち上がり、部屋を出ていった。

その様子を黙って見ていた劉警正が言った。

「実際の部下の指導を目の当たりにして、勉強になりました」

「西本は部下ではありません。優秀な後輩です。おおいに助けられたことがあります」

「今は倉島さんの指示が重荷のように感じられます」

「どんなに優秀でも、必ず無能に見えるときがあります。ステップアップするときがそうなのです。ステージが上がれば、それまでのように活躍はできない。しかし、いずれ克服するはずです。それが成長です」

「なるほど。私が張警佐を指導する際に、今のお言葉を思い出すことにしましょう」

「まあ、偉そうなことを言っていますが、俺自身、ずいぶん失敗もしたし、苦労をしました」

「それは私も同じです」

劉警正は先ほど「日本人が謙虚なのはよく知っている」と言ったが、彼こそ謙虚そのものではないかと、倉島は思った。


一時間後、西本が小会議室に戻ってきた。この部屋を出ていったときは、怒りと緊張で顔色が悪かったが、今はさらに辛そうだった。

それまで劉警正と、これまでにわかったことを整理していた倉島は、西本を見て言った。

「計画はできたか?」

西本がこたえた。

「いいえ。一時間では無理でした」

「結果を出すのが警察官だ。無理でしたでは済まないんだ」

「考えれば考えるほど、どうすればいいのかわからなくなりました。やるべきことがどれくらいで、我々に与えられた時間がどれくらいなのか……。それの見積りができません。いい加減な計画は立てられないし、かといって、与えられた材料は少ない。もう、自分にはお手上げです」

西本は今にも泣き出さんばかりだ。彼は倉島に対して白旗を上げているのだ。

だが、倉島の目的は西本に降参させることではない。

「材料が少ないと言ったが、何がわかれば、計画が立てられるんだ?」

「それは……」

西本はしばし考えてからこたえた。「わかりません」

「では、その材料というのは必要のないものだ」

「必要がない？」

「そうだ。行動計画のためには、何が必要なのか。それは、必然的にわかるはずだ。例えば、電車に乗るためには、時刻表や路線図が必要だ。食事をするためには、飲食店を紹介するウェブサイトなりアプリなりが役に立つ。それと同じことで、殺人犯を知るためには、新北市警察局からの情報が必要だろう。サイバー攻撃について詳しく知りたいのなら、蔡警佐やジミー・マーの協力が必要だ。そういう具体的なことがわからないのは、必要がないということだ」

「それも詭弁じゃないですか」

「いや、そうじゃない。俺は本気でそう思っている」

「自分には、もう訳がわかりません」

「投げ出すことは許されない」

「どうしてそんなことを言うんです？　自分には無理だってことがわかっていて要求しているんでしょう？」

「そんなことはない」

「一時間じゃ無理でした」

「じゃあ、この一時間でどこまで考えたのか話してくれ」

「何もまとまっていません」

「まとまっていなくていい。今考えていることをそのまま話すんだ」

追い詰められた西本は、自棄《やけ》になったように言った。

「殺人犯から、敵の正体を聞き出し、ニッポンLCから敵を排除する。自分にはそんなことしか考えられません」

倉島は、西本の言葉を繰り返した。「殺人犯から、敵の正体を聞き出し、ニッポンLCから敵を排除する」

「仕方ないじゃないですか。考えても考えてもまとまりがつかず……」

そう反論しかけてから、西本は倉島の言ったことに気づいたように聞き返した。「え……？何ですか？」

「悪くないと言ったんだ。殺人犯から敵の情報を得る。これが第一段階だ。そして、ニッポンLCから敵を排除する。これが第二段階だ。ちゃんと段階も踏んでいる。敵を排除することがオペレーションの最終目的だな」

「この程度のことは、小学生でも言えるんじゃないですか」

「じゃあ、小学生に訊いてみろ。段階を踏んだ目的設定など無理だよ。おまえが設定した目的は、敵を殲滅《せんめつ》することではなく、排除することなんだろう。それは大きな違いだ。おそらく、俺たちに敵の殲滅は不可能だが、排除することなら可能だろう。その目的設定は妥当だと思う」

「こんなのが計画ですか？」

「公安のオペレーションとしては立派な計画だ」

西本はぽかんとした顔で言った。

「自分は、もっと綿密で具体的な計画が必要なんだと思っていました」

「それは、先々必要になってくるが、今はまだいい。じゃあ、俺と劉警正は、おまえの計画どおりオペレーションを実行することにする」

西本は狐につままれたような顔をしている。

二人のやり取りを聞いていた劉警正が言った。

「私にも異存はありません。第一段階は、殺人犯から敵の正体を聞き出すことですね。そのためには、まず、殺人犯を特定しなければなりません」

西本が言った。

「新北市警察局から捜査情報を聞き出す必要があるということですね」

彼がこうして誰かの発言に即座に反応するまでにはずいぶんと時間が必要だった。

倉島は西本に言った。

「ほら、具体的に必要なことがわかってきただろう」

西本が倉島に言った。

「オペレーションの計画は、シンプルなものでいいということですね？　それに従って行動していくと、必要なものがわかってくると……」

もともと優秀な男だ。呑みこみが早い。

「そういうことだ。じゃあ、新北市警察局からの情報を得るにはどうしたらいいのか……」

「あ……」

西本は目を丸くした。「それで、劉警正を通じて、楊警監に新北市警察局との交渉をお願いしたわけですね」

「俺にはそれが、必要なことだと思えたんでね」

「なんだ……」

西本がすねたような顔を見せた。「結局、自分は倉島さんの掌《てのひら》で踊らされていたんじゃないですか」

「そうじゃない」

倉島はきっぱりと言った。「あくまでも計画を立てたのはおまえだ。俺はその計画に従うと言っただろう。その言葉に嘘はない」

西本は悔しそうに溜め息をついたが、小会議室を出ていったときの彼とは明らかに違っていた。憑《つ》き物が落ちたような感じだ。激しいストレスから一気に解放されたのだろう。本来の西本らしさを取り戻しつつある。

そのとき、小会議室の外が何やら騒がしくなった。厳しい口調の台湾華語のやり取りが聞こえる。

次の瞬間、勢いよくドアが開いた。姿を見せたのは、新北市警察局の鄭警正だった。

劉警正が彼を見据えて何か言った。鄭警正がそれにこたえる。険悪な雰囲気だ。

倉島は西本に小声で言った。

「もしかしたら、新北市警察局との交渉が裏目に出たかもしれないな」

西本がこたえる。

「鄭警正は、楊警監の申し入れに反発しているということですか?」

鄭警正が、倉島たちのほうを見て何事か大声で言った。おそらく、こそこそ日本語で話をするな、などと言っているのだろう。
それに対して、劉警正が何事か言う。
二人は睨み合った。
一触即発の雰囲気の中、そこに楊警監がやってきた。
倉島と西本は反射的に立ち上がる。劉警正と張警佐も起立した。
そのまま、一同は時が止まったように立ち尽くしていた。

15

劉警正が気をつけをした。鄭警正は姿勢を変えず、劉警正を睨みつけたままだった。

楊警監が台湾華語で何か言った。

おそらく「みんなそろっているね」というようなことを言ったのだろうと、倉島は思った。

さらに、楊警監は全員に着席を促したようだった。楊警監が椅子に座ると、鄭警正が腰を下ろした。

次に座ったのは、劉警正だ。そして、倉島、西本の順に座り、最後は張警佐だった。

楊警監が、鄭警正と劉警正を交互に見ながら話を始めた。

劉警正は表情を変えず、鄭警正は不満げに顔をしかめていた。

楊警監が鄭警正に何か質問して、鄭警正がそれにこたえた。

楊警監はうなずくと、笑顔で立ち上がった。

劉警正がすぐさま起立する。鄭警正もやや遅れて立ち上がった。倉島、西本、張警佐も再び立ち上がる。

楊警監が出ていくと、倉島は劉警正に尋ねた。

「楊警監は何とおっしゃったのですか？」

「日本企業の台湾法人内で殺人事件が起きた。これは、警政署がどうの新北市警察局がどうのという問題ではない。台湾警察全員で対処しなければならない事件だ。そう言いました」

「鄭警正に何かをお尋ねでしたね？」

「自分の考えは間違っているかどうか尋ねたのです。鄭警正は、間違ってはいませんとこたえました」

「それで楊警監は満足げなお顔をなさったのですね？」

「私も楊警監の言うとおりだと思います」

その時、鄭警正が嚙みつきそうな顔で何か言った。

それを劉警正が通訳する。

「日本語で話をするなと言っています」

倉島は鄭警正に向かって、日本語で言った。

「申し訳ありませんが、私たちは台湾華語が話せません。どうしても日本語を使うなとおっしゃるなら、別の言語で話をすることにします。英語なら話せますが、どうですか？」

劉警正がそれを通訳すると、鄭警正は鼻白んだ。どうやら英語が苦手なようだ。

彼は腹立たしげにぶつぶつと何か言い、その言葉の意味を劉警正が倉島に告げた。

「それなら、私が全部台湾華語に訳せと言っています」

倉島は言った。

「すいません。私たちが台湾華語を話せればいいのですが……」

劉警正がかすかにほほえんで言った。

「これを機に、ぜひ勉強してください」

鄭警正が吐き捨てるように何かつぶやいたが、劉警正はそれを訳さなかった。きっと倉島たちが知らなくてもいい、ただの悪態なのだろう。

劉警正が鄭警正に向かって話しはじめた。いくつか質問をしているようだ。それに対して、鄭警正は短い言葉を返すだけだ。

やり取りが終わると、劉警正が倉島に日本語で説明した。

「初動捜査の結果について質問をしました。被害者はまず鈍器で殴られたのですが、その鈍器は何なのか。その後、首を絞められましたが、絞殺なのか扼殺《やくさつ》なのか。司法解剖の結果何かわかったことがあるのか。微物鑑定やＤＮＡ鑑定の結果はどうだったのか。そういうことを質問しました」

「それで、返事は？」

「不明だと……」

「すべての質問について不明というこたえだったのですか？」

「はい。確認されていないということです」

「何かわかったことがあるはずでしょう。鈍器で殴られたということですが、その際の怪我の具合はどの程度だったのでしょう」

劉警正がそれを台湾華語で鄭警正に伝える。またしても短いこたえが返ってきた。

「不明だということです」

倉島はわざとあきれたように言った。

「新北市警察局は、これまでいったい何をやっていたのですか」

劉警正が確認するように倉島に尋ねた。

「それを通訳しますか？」

「伝えてください」

劉警正が通訳すると、鄭警正が怒りの表情で言った。

「遺体が発見されたのは今朝のことだ。捜査はこれからだ。彼はそう言ってます」

劉警正の言葉を受けて、倉島は言った。

「つまり、凶器はまだ見つかっていないし、鑑識や司法解剖の結果も出ていないということですね？」

劉警正は、鄭警正にその言葉を伝える代わりにうなずいた。

「わかりました」

倉島は言った。「では、今後の捜査の進展に期待することにしましょう」

劉警正がそれを伝えると、鄭警正が言葉を返した。

「我々があなたに報告する義務はない。そう言っています」

倉島は鄭警正に向かって言った。

「報告をしろと言った覚えはありません。協力態勢を組んだのですから、情報が欲しいと言っているのです」

鄭警正が反感をむき出しにして倉島に何か言った。

「協力というのは、互いに情報を出し合うことだろう。まずは、そっちの知っていることから話したらどうだ。彼はそう言っています」

倉島はこたえる。

「何が知りたいのか言ってくれれば話します」

劉警正がその言葉を台湾華語で伝えると、鄭警正が再び倉島に向かって冷ややかにこたえた。

「あの会社で、いったい何をしていたのか、一切合切話せ。鄭警正はそう言っています」

倉島は肩をすくめた。

「サイバー攻撃について捜査していたと言ったはずです」

鄭警正は、具体的には何を調べていたのか、と質問してきた。

「攻撃と防御の経緯について聞きました」

詳しく説明しろと、鄭警正が言う。

「専門家ではないので、ちゃんとした説明ができるかどうかわかりません。正確なことを知りたいのなら、ニッポンLCのシステム担当者に訊いてください」

捜査したのに説明できないというのはおかしい。本当は何をしていたのか。鄭警正はそんなことを言ってきた。

劉警正の通訳でその言葉を聞いたとたん、西本が言った。

「ここでそんなことを言っている暇があったら、凶器でも探したらどうです」

自分に対して失礼な態度を取ると腹が立つが、こういう場合の西本の皮肉な言葉は悪くない。

鄭警正が立ち上がり、西本のほうに一歩近づいた。今にも殴りかからんばかりの表情だ。西本は鄭警正を見返していた。

倉島は言った。

「言われなくたって、新北市警察局では必死に探しているさ」

劉警正がそれを通訳した。鄭警正はそれでも西本を睨みつけていた。

西本は平然と鄭警正を見ている。

強気な西本の復活だと、倉島は思った。

やがて、鄭警正は、ふんと鼻を鳴らして眼をそらした。

倉島は、鄭警正に言った。

「楊警監は、これは台湾警察全員の事件だとおっしゃいました。それだけではなく、我々日本の警察の事件でもあります。新北市警察局も、我々も、犯人を捕まえたいという気持ちは同じでしょう」

その言葉を劉警正が伝えても、鄭警正は何も言わなかった。

倉島はさらに言った。

「我々は、サイバー攻撃と産業スパイについて調べます。それが殺人の動機につながるかもしれません」

鄭警正は、劉警正に何事か言って部屋を出ていった。

劉警正が言った。

「俺たちの捜査の邪魔だけはするな。鄭警正はそう言って出ていきました」

西本が言った。

「捨て台詞ですね」

倉島は言った。

「彼らも必死なんだ。だから、俺たちが余計なことをしないか気になって仕方がないんだ」

西本は感心するように言った。

「倉島さんは、心が広いですね。あんなやつの弁護をするなんて」

「別に弁護をしているわけじゃない。対立に意味がないと思っているだけだ。いや、意味がないだけでなく、対立は捜査の邪魔になる」

「でも、あっちが喧嘩腰なんだから……」

「どっちかが歩み寄らないと対立は解消しない。そうだろう」

すると、劉警正が言った。

「彼は、誰彼かまわず嚙みつくんです。飢えた野良犬のようなやつです」

倉島は劉警正に尋ねた。

「彼とは過去に何かあったのですか？」

劉警正は肩をすくめた。

「別に……。ただ、警察専科学校で同期だっただけです」

「警察専科学校というのは、日本の警察学校のようなものなのでしょうか」

「私は日本の警察学校というのは、知りません。台湾の警察専科学校は、警察や消防の幹部を育てるための学校です。二年制で、卒業すると副学士の学位がもらえます」

「そうすると、警察学校というより警察大学校に近いな。そこで、同期だったということは、二人とも警察のエリートじゃないですか」

「学生の頃から鄭警正は私に対抗心を燃やしていました。私が警政署にいることが面白くないのかもしれません」

「市の警察局にいる彼は、あなたのほうが出世したと思っているのですね？」

「そうらしいです」

「どうなんです？　彼は優秀な刑事なのですか？」

劉警正は、即座にうなずいた。

「はい。彼は優秀です。だからこそ、私が警政署にいることにこだわりを持っているのでしょう。自分のほうが優秀だという自負があるのです」

「しかし、市警察局と警政署では役割が違うのですよね？　日本でも警察庁と都道府県警本部は役割が違います」

「いくらそれを言っても、鄭警正は聞き入れようとしません」

「まあ、そういうものでしょう。あなたが優秀だと認めるのなら、私は鄭警正を信頼することにします」

劉警正は一瞬、うれしそうな顔になった。

西本が言った。

「殺人の捜査は新北市警察局に任せるしかないとして、ちょっとひっかかっていることがあるんですが……」

倉島は尋ねた。

「何だ？」

「実は、林春美《リンチュンメイ》さんが自分らを会社に呼び戻したことが、どうも……」

「当初、島津さんは俺たちがサイバー攻撃について捜査することに乗り気ではなかった。だが、林さんが島津氏を説得する形で、俺たちが改めて捜査をすることになったわけだな……」

「ええ、そうですよね。林さんの目的って何だったんでしょう?」

「目的……?」

「そうです。わざわざ自分らに捜査させようとした目的は……」

「会社を守るためだと、彼女は言っていた。このままサイバー攻撃を受けていると、いずれ会社がもたなくなる。だから、我々と話をするように島津さんを説得したのだと……」

「それ、台湾の警察だってよかったわけでしょう」

「ニッポンLCが日本企業だし、島津さんは日本人だ。日本の警視庁の捜査員がいれば頼りたくなるだろう」

「ええ、島津さんはそうでしょうね。でも、我々に捜査させようと考えたのは、島津さんじゃなくて林さんなんですよ」

倉島は考え込んだ。

倉島が何も言わないので、西本が続けて言った。

「倉島さんが、林春美さんをどう思うかなんて自分に尋ねるもんだから、いろいろ考えているうちに腑に落ちない感じがして……」

「林春美をどう思うか尋ねたのですか?」

西本の言葉に、劉警正が反応した。「それはなぜです?」

倉島は苦笑した。

「あんなに美人なのに、西本が関心を示さないので……」

「なるほど……」

倉島は、劉警正に尋ねた。

「あなたはどう思いますか？」

「どう思うか？」

「今、西本が言った林さんの目的についてです」

劉警正はしばらく考え、無表情のままこたえた。

「さあ、私にはわかりません。ただ……」

「ただ？」

「会社を守るためだという彼女の言葉には嘘はないと思います」

倉島は西本を見て言った。

「……ということだが……」

西本はそれでも納得していない様子だ。

「やっぱり、腑に落ちません」

倉島はうなずいた。

「ならば調べてみろ」

「いいんですか？」

「疑問に思うなら調べるべきだ。それが、事件解決につながる可能性だってある」

「了解しました」

すっかり西本らしさを取り戻したなと、倉島は思った。実は、ショック療法がこんなに効くとは思っていなかった。

西本はもともと自信家で強い精神力を持っているのだ。もし脆弱《ぜいじゃく》なやつなら潰《つぶ》れていただろう。危ない賭けだったが、勝負に出るしかなかった。

吉と出て本当によかった。倉島は密かにそんなことを思っていた。


その日の午後五時過ぎに、会議室にいる倉島のもとに、劉警正がやってきて告げた。

「警視庁からの送金を確認しました」

理事官が送ってくれたのだ。

倉島が礼を言うと、劉警正が尋ねた。

「日本円で受け取りますか？　台湾元にしますか？　米ドルも可能ですが」

「円安だから、米ドルにするとかなり目減りするんじゃないのかな……。台湾元と円の関係はどうなんだろう」

「円安は変わりません。今は、一元が四・五円くらいです」

西本が言った。

「台湾元というのは、台湾ドルのことですね？」

倉島はこたえる。

「新台湾ドルだ」

「米ドルにしとけば円を買い戻すときに得なんじゃないですか？」

「使うのは現地なので、現地通貨でもらうのが基本だ」

倉島は、劉警正に言った。「台湾元でください」

一度部屋を出ていった劉警正は、二十分ほどで戻ってきた。札束を手にしていた。台湾元の紙幣だ。

西本が言った。

「それ、作業の費用ですね」

「ああ。後で半分渡す」

「え……。半分ですか?」

「俺とおまえの二人でオペレーションをやっているんだ。山分けだ」

「そりゃあ、気前がいいですね」

倉島は劉警正に言った。

「そういうわけで、我々は経費を受け取りましたので、食事代や宿泊費は自分で支払うことにします」

劉警正が言った。

「楊警監は、お客様に支払いをさせたがらないでしょう。しかし、倉島さんがそうしたいのならお任せします」

「さんざん世話になっているので、心苦しいのです」

「わかりました」

金を受け取って鞄にしまうと、倉島の携帯電話が振動した。

林春美からだった。電話に出ると彼女は、今日も島津が夕食に倉島たちを招待したがっていると言った。

「わかりました。何時にどこに行けばいいですか？」

「午後七時に、ホテルにお迎えに参ります」

電話を切ると、倉島は林春美の言葉を劉警正や西本に告げた。

西本が言った。

「こちらから探りに行く手間が省けましたね」

「いっしょに飯を食っているだけじゃ捜査にならないぞ。どうする？」

「行確《こうかく》をしたいのですが……」

劉警正が言った。

「行確というのは、行動確認のことですね。では、張警佐に車を用意させましょう。食事をするお店の外で待機させておきます」

西本が言った。

「じゃあ、その車を使って行確をします」

倉島は西本に言った。

「どうやって張警佐とコミュニケーションを取るつもりだ？」

「英語で何とかします。張警佐は英語を話せますね？」

劉警正が言った。

「日常会話には不自由はないと思います」

倉島は西本に言った。

「じゃあ、任せる」

「了解しました」


午後七時に、約束どおり林春美がホテルのロビーに現れた。その容姿には、思わず眼を引かれる。

倉島は言った。

「劉警正もいっしょでよろしいですね？」

林春美はほほえんだ。

「もちろんです」

食事の場所は、昨日とはまた別の台湾料理レストランだった。前回よりも若干庶民的な感じがする。

倉島は、夕食に臭豆腐《しゅうどうふ》がないと、少々もの足りないと感じるようになっていた。

乾杯を済ませると、島津が言った。

「捜査はどんな具合なんですか？」

倉島はこたえた。

「すみません。捜査情報は外には洩らせないのです。それは台湾警察も同じだと思います」

島津は、劉警正に尋ねた。

「そうなのですか？」

劉警正がこたえた。

「倉島さんのおっしゃるとおりです。それに……」

「それに？」

「私たちが殺人の捜査をしているわけではないので、捜査情報は知りません」

「なんだ……」

島津が言った。「そうなんですね」

「しかし……」

劉警正が続けて言った。「聞くところによると、新北市警察局では、防犯カメラの映像解析に追われているようです」

鄭警正がそれを劉警正に話すとは思えない。だから誰か別人からの情報なのだろうと、倉島は思った。

16

その後島津は、事件についてはほとんど触れなかった。そういうことを話題にするのにふさわしい場所ではないことに気づいたのだろう。

林春美は、食事を楽しんでいる様子だった。西本が時折、彼女の様子を盗み見ている。昨日までは、食事の席でもまったく彼女に関心を示さなかった。その変化があからさまで、倉島はおかしくなった。

「お忙しいところ、今日も食事にお付き合いくださってお礼を言います」

島津が言った。「普段はあまり気にしていないのですが、こうして日本の方とお話をすると、やはりほっとするものです」

倉島はこたえた。

「こちらこそ、今日もすっかりごちそうになりました。ありがとうございます」

お開きになり、島津と林春美はタクシーに乗り込んだ。

西本がさりげなくその場を離れ、車で待機している張警佐のもとに向かった。

タクシーが走り去る。

劉警正が言った。

「我々はどうしましょう」

倉島は言った。

「引き上げましょう。ここにいてもすることはありません」

「西本さんは放っておいてだいじょうぶなのですか?」

「だいじょうぶです。万が一だいじょうぶじゃなくても、任せるしかありません」

劉警正がうなずいた。

「では、ホテルまでタクシーでお送りしましょう」

充分に歩ける距離だと思ったが、不慣れな土地なので迷う恐れもある。ここは劉警正の言うとおりにしようと思った。

ホテルの正面玄関で劉警正と別れて、倉島は部屋に戻った。

食事のときに飲んだビールの酔いがすっかり醒《さ》めたのは午後十時過ぎで、その頃にノックの音が聞こえた。

ドアを開けると、西本が立っていた。

「ご報告に参りました」

「入ってくれ」

倉島はミネラルウォーターを二つのグラスに注ぎ、その一つを西本に渡した。

ソファに腰かけると、西本が言った。

「島津も林春美も自宅に帰りました。二人ともマンションに住んでいますが、意外と質素なマンションです」

西本の言うマンションは、本来の豪邸という意味ではなく、集合住宅のことだろう。日本人が「マンションに住んでいる」と言うのを聞いて、ヨーロッパの人々は驚く。

豪邸と呼ばれる屋敷などそうあるものではない。

「二人はタクシーでそのまま自宅に戻ったということだな?」

「はい。最初に島津が降りました。その後、林春美はまっすぐ自宅マンションに戻りました。張警佐と二人でしばらく見張りましたが、動きがないので、引き上げてきました」

「そうか」

「もしかしたら、林春美は尾行に気づいていたのではないでしょうか?」

「気づかれてもいいさ」

「え……?」

「ゼロの研修で学んだはずだ。行確には決して気づかれてはいけないものと、気づかれてもいいものがある」

「行確していると知らしめることで、相手の動きを封じるわけですね」

「そうだ」

「もし林春美が産業スパイだったら、うかつに動けないと思うでしょうね」

「そう願うよ」

倉島は言った。「さて、今日はもう寝るとしよう。今朝は早く起こされたので、さすがに疲れた」

「そうですね。自分も疲れました」

それはそうだろうと、倉島は思った。西本は今日、きついショック療法を乗り切ったのだ。

西本が自分の部屋に戻り、倉島はほどなくベッドに入った。

翌日の午前十時頃、いつもの会議室にいると、いきなり鄭警正が現れた。

その場には、西本と劉警正がいた。

鄭警正がぼそぼそと何事か言った。劉警正の表情が引き締まった。

倉島は尋ねた。

「どうしたのです？」

劉警正がこたえる。

「凶器らしいものが見つかったそうです」

「それは被害者を殴った鈍器のことですか？」

「はい。ゴルフクラブだということです。ドライバーだそうです」

「ドライバー……」

「鑑識によって犯行時の状況がわかったようです。被害者は背後からゴルフクラブで後頭部を強打され、うつぶせに倒れました。犯人は、被害者の背中側から首に何かを巻き付け、絞殺したのだそうです」

「絞殺に使われたものが何かはわかっていないのですか？」

劉警正が質問すると、鄭警正は再びぼそぼそとこたえた。

「まだ見つかってはいませんが、おそらくタオルだろうと、鄭警正は言っています」

「タオルですか……」

「被害者の首から繊維が見つかっているそうです。フェイスタオルくらいの大きさだろうと……」

「ゴルフクラブは誰の持ち物かわかっているのですか？」

その質問を劉警正が鄭警正に伝える。鄭警正は、不機嫌なままこたえる。

「今捜査中だと言っています」

西本が言った。

「誰のものかは、すぐにわかりそうなものですがね……」

劉警正は通訳しなかった。

倉島は西本に言った。

「そんなことより、林春美さんの行確はいいのか？」

「今、張警佐が張り付いています。連絡があり次第、合流します」

倉島はうなずいた。

鄭警正が嗄《しやが》れた声で何か言った。劉警正がそれを日本語にして倉島に伝えた。

「あなたがたは、いつ日本に帰るのかと、彼は訊いています」

倉島はこたえた。

「あと一週間くらいは滞在する予定です」

それを伝えると、鄭警正が言い返した。

「台湾でやることはないはずだから、すぐに帰ったらどうかと言っています」

倉島はこたえた。

「我々には我々の任務があります」

劉警正がそれを台湾華語で伝えると、鄭警正が倉島を睨んで言った。

「殺人犯は、我々が逮捕する。あなた方にできることはない。もう、帰ったほうがいい」

実際には、この通訳よりもずっと激しい言葉だったはずだ。鄭警正の態度でそれがわかる。どうやら、鄭警正にとって倉島たちは目障りなようだ。

倉島は言った。

「私も早く帰りたいと思っていますが、それも殺人の捜査次第ですね。犯人から話を聞くまで帰国するわけにはいきません」

鄭警正が何か言い、それを劉警正が通訳する。

「それはなぜかと訊いています」

倉島はこたえた。

「犯人の目的はおそらく、ニッポンＬＣに対するサイバー攻撃です。さらに、サイバー攻撃の目的は単に金銭目当てではなく、ニッポンＬＣに大きなダメージを与えることです。ですから、我々はサイバー攻撃について、犯人から聞き出す必要があるのです」

その言葉を訳して伝えると、鄭警正が激しい口調で言い返してきた。それをまた劉警正が通訳する。

「サイバー攻撃のことなど知ったことではない。我々の邪魔をするな」

倉島は言った。

「邪魔をするなんて、とんでもない。我々は協力すると言っているのです」

「私の目の前から消えてくれることが、何よりの協力だ」

そのとき、鄭警正の電話が振動した。電話に出て相手の話に耳を傾けていた鄭警正が、何かを劉警正に告げた。

　劉警正の顔色が変わった。

　倉島は尋ねた。

「どうしたのです？」

　劉警正がこたえる。

「ゴルフクラブの持ち主がわかりました」

「誰ですか？」

「島津さんです」

「えっ」と声を上げたのは西本だった。

　鄭警正がさらに劉警正に何か告げた。劉警正がそれを倉島に伝える。

「彼はこれからニッポンＬＣに行って、島津さんの身柄を拘束するそうです」

　鄭警正が部屋を出ようとした。

　倉島は言った。

「我々も行きましょう」

　劉警正がその言葉を鄭警正に告げた。鄭警正は冷ややかに言った。

　それを劉警正が訳す。

「邪魔をしないでほしい。同行は許さない」

「邪魔をするつもりはありません。日本人が身柄を拘束されるというのですから、黙って見ているわけにはいきません」

鄭警正は何か言ってから部屋を出ていった。

倉島は劉警正に尋ねた。

「彼は何を言ったのです?」

「来たところで、何も手出しはさせない。そう言いました」

「とにかく、向かいましょう」

「わかりました。張警佐を呼び戻しましょう」

劉警正が携帯電話を取り出した。

日本の警察は、携帯電話と警察無線を連携させるシステムを持っている。台湾はどうなのだろう。倉島はそんなことを思っていた。

やがて、劉警正が言った。

「十分後に、正面玄関にやってきます」

倉島、西本、劉警正の三人は、会議室を出た。


ニッポンLCの本社前に、パトカーと覆面車が停まっていた。捜査員が乗り付けたのだ。こうした光景は日本も台湾も変わらない。

島津のオフィスのある役員階は、緊張感に包まれている。捜査員たちが島津を連行するその場に、倉島たちは駆けつけた。

両腕を捜査員につかまれた島津が、倉島に気づいて言った。

「いったいどうなっているんだか、訳がわからないんだが……」

「説明はなかったのですか？」

「なかった」

倉島は鄭警正を見つけた。彼がその場を仕切っている様子だ。

「逮捕なのですか？　もし逮捕状がないのでしたら、強制的な拘束は認められません」

劉警正がそれを訳した。

鄭警正がこたえた。

「いいから邪魔をするな」

「取り調べをするなら、私たちも立ち会わせてください」

劉警正がその言葉を伝えると、鄭警正は捜査員たちに何かを命じた。

すると、何人かの捜査員が倉島の腕をつかもうとした。倉島の身柄をも拘束しようというのだろうか。

そのとき、劉警正が大きな声で何かを告げた。倉島の腕をつかもうとしていた捜査員たちがぴたりと身動きを止めた。

そして、鄭警正も足を止めて振り向いた。

さらに劉警正の言葉が続いた。厳しい口調だった。

捜査員たちは決まり悪そうに互いの顔を見合った。鄭警正はじっと劉警正を見つめている。

しばらくすると、捜査員たちが倉島のもとを離れていった。

そこに林春美が現れた。

彼女は、捜査員たちに何かを言った。

いつしか、捜査員たちの前に、劉警正と林春美が立ちはだかる恰好になっていた。島津の腕をつかんでいた二人の捜査員が手を離した。

鄭警正が劉警正に向かって何か言った。

劉警正が倉島を見て言った。

「この会社で、島津さんから話を聞きたいと言っています」

「身柄を拘束するのを取りやめるということですか？」

「はい。違法捜査を許さないと言ってやりましたので」

「鄭警正が妥協したということですね」

「我々の立ち会いも認めました」

「それはよかった」

二人のやり取りを聞いていた林春美が日本語で言った。

「私も同席させていただきます。いったい何があったのか、説明が必要です」

続いて林春美は、鄭警正に向かって何か言った。今言った言葉を台湾華語で伝えたのだろう。

鄭警正は、渋面《じゅうめん》を作っただけで何もこたえなかった。


ニッポンＬＣの総務課が会議室を用意して、一同はそこに移動した。

鄭警正が島津の向かい側に座り、林春美が島津の隣にいた。さらにその隣に倉島。そして、彼女と倉島を挟む形で劉警正。その向こう側に西本がいた。

林春美が会話の口火を切った。彼女は台湾華語で鄭警正に向かって話しかけた。それを、劉警正が小声で通訳してくれる。

「島津を拘束しようとした理由を教えてください」

鄭警正は、一瞬たじろいだような様子を見せた。倉島にはその理由がわかる気がした。男は誰でも美人に弱い。

鄭警正が立ち上がり、部屋の外に待機している捜査員に何かを命じた。席に戻ったとき、鄭警正は細長いビニール袋に入ったゴルフクラブを持っていた。

鄭警正の言葉を劉警正が訳してくれる。

「これは誰の持ち物かわかりますか？」

島津が身を乗り出すようにしてゴルフクラブを見た。

「どうやらそれは、私の物のようだが……」

鄭警正の言葉を劉警正が訳す。

「これは、被害者を殴った凶器と見られています」

島津が驚きの表情になる。

「凶器だって……。何で、私のゴルフクラブが……」

「これはどこに置いてありましたか？」

林春美が日本語にして島津と倉島に伝える。

劉警正と林春美が二人で通訳をしてくれるので、倉島はほとんどタイムラグなしに会話を理解することができた。

島津がこたえた。

「私のオフィスに置いてあります」

「九月十六日月曜日の午後七時から午後十一時の間、これはどこにありましたか？」

「部屋にあったと思います。少なくとも私は持ち出してはいません」

「では、あなたはその時間、どこにいましたか？」

「待ってください。九月十六日月曜日の夜というのは、殺人事件があった夜ということですよね」

その問いを林春美が通訳したが、鄭警正は何も言わなかった。

島津は、少しばかり落ち着きをなくしたように見えた。だがこれは、普通の反応だと倉島は思った。殺人犯だと疑われれば、誰でも落ち着かなくなるはずだ。

「その時間は、倉島さんたちと食事をしていましたね。林もいっしょでした。夕食の後、片づけなければならない用があったので、オフィスに寄り、しばらくして帰宅しました。それから朝まで自宅にいました」

「オフィスにいたことを証明してくれる者は？」

林春美が通訳をやめて台湾華語で何か言った。劉警正がすかさずそれを日本語にしてくれる。

「私が証明します。島津がオフィスを出て帰宅するときは、私のデスクの前を通らなければなりません」

鄭警正の言葉を劉警正が通訳する。

「では、自宅にいたということを証明する者は？」

島津がこたえる。

「家族がいっしょでした。妻と娘です」

鄭警正は林春美に言った。

「あなたも、家族も、島津さんと利害関係があるので、その証言は信頼できません」

鄭警正は島津のアリバイがないということを言いたいのだ。

倉島は言った。

「アリバイを確かめる前に、ゴルフクラブが凶器だというのは確かなのかを確認したいのですが」

鄭警正がこたえる。

「ヘッドの部分から血液が採取されました。被害者のDNAと一致しました」

「島津さんを疑う前に、誰かがゴルフクラブを持ちだしたことを考えるべきでしょう」

鄭警正が突然吠《ほ》えた。

林春美が通訳した。

「捜査を邪魔するなら、ここから追い出す。彼はそう言っています」

そして彼女は付け加えた。「日本鬼子《リーベングイズ》のくそ野郎が」

劉警正は決して通訳してくれない言葉だ。

それを聞くことで、倉島の腹は決まった。

俺は、サイバー攻撃の犯人と同時に、こいつとも戦わなければならない。

17

「邪魔をするつもりはありません」

倉島は鄭《ジォン》警正に言った。「我々は協力し合うのではなかったのですか？　楊《ヤン》警監の前で約束したでしょう」

その言葉を、林春美《リンチュンメイ》が台湾華語に訳す。

そして、鄭警正の返事を日本語にした。

「協力というのは、警政署が私たちの邪魔をしないという意味だ」

「楊警監の考えとは違うようですね」

鄭警正はそっぽを向いた。

倉島はさらに言った。

「犯人を挙げたいと思う気持ちは、我々も同じです」

鄭警正がそれにこたえ、林春美が訳した。

「殺人の犯人を挙げるのは、我々新北市警察局の仕事だ。あなたたちは関係ないはずだ。彼はそう言っています」

倉島は言った。

「ニッポンLCにサイバー攻撃を仕掛けたやつらの仲間が李宗憲《リーソンシィエン》を殺害した可能性がかなり高いと思います」

鄭警正が発言して、それを林春美が訳す。

「サイバー攻撃なんて関係ないだろう」

「我々は関係あると考えています」

「遠く離れた安全な場所からネットを使って攻撃をするのがサイバー攻撃だろう。そんなやつらが、リスクを冒して誰かを殺害するはずがない」

「ヒューミントです」

「何だって？」

「おっしゃるとおり、サイバー攻撃の最大のメリットはその場にいないということです。しかし、どうしてもパソコンやネットでは解決できない問題が出てきます。それに対処するための人材がいるはずなんです」

「そいつが、李宗憲を殺害したと言うのか」

「はい」

「動機は？」

「見せしめでしょう」

「見せしめ……？」

「社内にいるヒューミントはひとりではありません。その全員を思い通り操れるように、脅しが必要だったのです」

「李宗憲は、見せしめで殺されただと……」

「彼らは、産業スパイとして利用されたのです。敵の陣営は決して一枚岩ではないのでしょう。

そして、目的を達成するためには、スパイたちを言いなりにさせる必要があったわけです」

林春美が訳す言葉を、じっと聞いていた鄭警正は、やがてふんと鼻で笑った。

林春美が言った。

「おそらく動機はもっと単純だ。怨恨《えんこん》とか妬みとか……。彼はそう言っています」

「その可能性はもちろんあります。しかし、我々はサイバー攻撃の線を追いたい」

その倉島の言葉に対して、鄭警正は言った。

「好きにすればいい。俺たちの邪魔さえしなければ、俺は何も言わない」

倉島はうなずいた。

「では、好きにさせてもらいます。まず、島津さんからお話をうかがいたいのですが、かまいませんね？」

林春美を介して鄭警正が言う。

「質問するなら、俺も同席する」

「我々は日本語で話をします。それでもよろしければ同席してください」

鄭警正は、白けた表情になった。

「通訳してくれればいい」

林春美が台湾華語で何事か言った。鄭警正はむっとした顔で林春美を見た。

劉《リウ》警正が通訳してくれた。

「私はあなたに雇われたわけではないので、通訳する義理はない。彼女はそう言いました」

鄭警正が林春美に何か言った。

それを劉警正が訳す。

「警察に協力しないと面倒なことになります」

林春美がこたえる。それをまた劉警正が日本語にした。

「協力してるじゃないですか。本来なら、任意の取り調べにこたえる義務はないはずです」

鄭警正はまたあらぬ方向を向いた。形勢が不利になると、そういう態度を取るようだ。

倉島は言った。

「島津さんに話を聞いていいですね」

鄭警正が言う。

「捜査の邪魔をしない限り、好きにしろと言った」

そして彼は立ち上がり、会議室を出ていった。

日本語を理解する者たちだけが残った。

倉島は島津の様子を見た。すっかり動転している。突然、殺人の被疑者扱いされたのだ。無理もない。

倉島は島津に尋ねた。

「普段はゴルフクラブはどこに置いてあるのですか？」

島津は蒼い顔のままこたえた。

「私のオフィスです」

「あなたは、ゴルフクラブを持って工場に行き、李宗憲さんの頭を殴りましたか？」

島津は疲れた表情でかぶりを振った。

「私が彼を襲撃しなければならない理由はありませんよ。彼はサイバー攻撃から会社を守ってくれていたんです」

「では、あなた以外の誰かがゴルフクラブを持ちだしたということですね？」

「そういうことになります」

「それが可能な人物は誰です？」

「さあ……。普段、オフィスの出入り口には鍵をかけていませんから……」

「誰でも出入りできるということですか？」

「でも、たいてい私が部屋にいます」

倉島は林春美に尋ねた。

「島津さんが帰宅されるときは、あなたの席の前を通るということでしたね？」

「はい」

「では、島津さんのオフィスに出入りする人物も眼に入るということですね？」

「必ずしもそうとは限りません」

島津が言った。

「林は席を外していることが多いですからねえ。なにせ、忙しいですから……」

さらに、林春美の説明が続いた。

「島津の部屋の出入り口が私の席のほうを向いているわけではないので、私から見えないように部屋に侵入することは可能だと思います」

位置関係がよくわからない。倉島は言った。

「席を拝見できますか?」

「もちろん」

林春美は席を立った。島津も立ち上がった。

倉島、劉警正、西本の三人は彼らのあとについて、林春美のデスクにやってきた。

日本のオフィスを連想していた倉島は、林春美の言ったことが理解できなかったのだが、現場を見て納得した。

テレビで見るアメリカのオフィスのようだった。個室にデスクがあり、その前に二脚の椅子が置かれている。

仕切りはガラスだが、内側にブラインドがあり、それが下りていた。

そういう小部屋が廊下に並んでいる。出入り口は、島津の部屋も林春美の部屋も廊下の側にある。

林春美が言った。

「ごらんのとおり、ブラインドを上げていれば、部屋の前を通る人が見えます。島津が帰宅するときは、私のオフィスの前を通るので、たいていはその姿が見えます。しかし、今のようにブラインドを下ろしていると、誰が通ってもわかりません。さらに、向こう側から島津のオフィスに近づけば、私のオフィスの前は通らずに済むのです」

倉島はうなずいた。

「では、誰でも島津さんのオフィスには出入りできたということですね?」

林春美は肩をすくめた。

「普通の社員は役員のオフィスに忍び込もうなんて考えないでしょうけどね」

倉島は島津に尋ねた。

「問題のゴルフクラブはどういう状態で部屋に置かれていましたか？」

「他のクラブと一緒にゴルフバッグに入れて部屋の隅に立ててありました」

「そのゴルフバッグは今どこに……？」

「オフィスにあります」

「拝見してもよろしいですか？」

「いいですよ」

一行は林春美のオフィスを出て左に向かった。隣は誰か別の人物のオフィスだ。

その一つ向こうが島津のオフィスだった。

ドアに黄色い規制線が張られていた。

倉島は劉警正に言った。

「これは新北市警察局の人たちが張っていったのですね？」

「そうですね」

そう言うと、劉警正は黄色いテープをはがした。倉島は驚いて尋ねた。

「そんなことをしてだいじょうぶですか？」

「かまいません。すでに鑑識作業は終わっています。はがし忘れただけでしょう。あるいは、我々がここに来ることを見越して、わざとはがさなかったのかもしれません」

鑑識作業は終わっていると聞いて、倉島は部屋に入ることにした。島津が先頭だ。

島津の部屋もブラインドが下りていた。明かりは点いたままだった。部屋に入ると、正面にデスクがあり、その前に椅子が二脚ある。林春美のオフィスと同じだ。

デスクに向かって左側の隅に、白いゴルフバッグがあった。念のために倉島は手袋を着けてゴルフバッグの上部についているファスナーを開けた。

中には何本かのクラブが収納されている。

倉島は言った。

「この中から一本、持ち去られたということですね？」

島津がこたえた。

「はい。例のクラブはそこに入っていました」

倉島は残っているクラブを数えた。八本入っていた。その中でいわゆるドライバーと呼ばれているものは二本だった。

持ち去られたもの、つまり凶器と見られているクラブを入れると三本ドライバーがあったことになる。

「ここにゴルフクラブがあると知っていた人は何人くらいいらっしゃいますか？」

倉島が尋ねると、島津は困惑した表情を浮かべた。

「この部屋に来たことがある者なら、知っていたということになりますね。まあ、ここに来てもゴルフクラブになんか興味を示さない者が大半ですが……。ですから、何人くらいいたかと訊かれても、見当もつきませんね」

「この部屋に最も頻繁にやってくるのは誰でしょう？」

「林です。彼女はれっきとした技術者なのですが、私の秘書も兼務していますので、いろいろ面倒をみてくれます」

倉島は林春美に尋ねた。

「以前から、この部屋にゴルフクラブがあることはご存じでしたか？」

「知っていました」

「それはいつごろから……？」

「私が入社したときからです。つまり、三年前からです」

そのとき、西本が言った。

「すいません。質問してよろしいですか？」

別人のようにひかえめになっている。これが本来の西本なのだ。

倉島はこたえた。

「もちろんだ」

西本は林春美に言った。

「この会社に入社される前は、どこにいらっしゃいましたか？」

林春美は、かなり有名な台湾のパソコンメーカーの名前を言った。

西本が目を丸くした。

「一流企業ですよね？　そこを辞めてこちらにいらっしゃった理由は？」

島津が言った。

「私が引っぱったんですよ。ヘッドハンティングですね」

「ほう……」

「技術系の人々の交流会があります。パーティーで飲み食いするだけなのですが、まれにこういうすばらしい人材と出会うことがあります」

西本が島津に確認するように言った。

「その交流会で知り合って、ヘッドハンティングしたということですね」

「そうです」

「理由は？」

「わが社に引っぱった理由ですか？」

「ええ」

「彼女はきわめて有能です。そして、日本語が話せる。こんな人材を見逃すわけにはいきません」

彼は林春美の容姿のことは一切言わなかった。だが、それがヘッドハンティングの大きな要素であることは、容易に想像がついた。

西本は倉島を見て、小さくうなずいた。質問は終わりだという意味だ。

倉島は島津に言った。

「ここにゴルフクラブがあることを知っている人物をリストアップしたいのです。思いつく限りの人を教えてください」

島津が言った。

「私の記憶なんて当てにならないですよ。いつも林に頼りっぱなしなので」

「西本がリストを作ります。彼の質問にこたえてください。もちろん、林さんの協力を得てもかまいません」

林春美が言った。

「わかりました。お手伝いします」

西本が島津に言った。

「ここで始めてよろしいですか？」

「かまわないが、殺人犯が出入りしていたと考えると落ち着かないな……」

すると林春美が言った。

「私のオフィスではどうですか？」

「そうだな」

島津が言った。「そうしよう」

西本と島津が林春美のあとについて、彼女のオフィスに向かった。

廊下に出た倉島は、劉警正に言った。

「あらためて、遺体発見の現場を調べたいのですが、新北市警察局の連中がまた何か言うでしょうか？」

「言わせておけばいいのです」

「しかし、対立していてもいいことはありません」

「連中がいないときに調べればいいでしょう」

「眼を盗んでこそこそ捜査するのは、あまり気分がよくないですね」

「でしたら、彼らから正式に許可を取るしかないですね」

「鄭警正はまた、我々を邪魔者扱いするでしょうね。新北市警察局に、誰か話の通じる相手はいませんか？」

「知り合いはいます。しかし、他の誰と話をつけても、鄭警正が邪魔をするでしょう」

「ならば、本人に話をつけるしかないですね。彼を訪ねましょう」

劉警正は驚いた顔で言った。

「これからですか？」

「障害は早く取り除いたほうがいい」

「わかりました。では、車で行きましょう」

劉警正は張《チャン》警佐に電話で連絡した。


新北市警察局は、白い重厚な建物だった。玄関前のロータリーには芝生と樹木が植えてあり、濃い緑が目に飛び込んでくる。

玄関に立ち番の警察官がいるのは、日本と変わらない。規模は新宿署や渋谷署などのマンモス警察署と同じくらいだろうと、倉島は思った。

外観に馴染みはないが、建物の中に入ると安堵感を覚えた。どこか日本の警察と似通っている。床は大理石だし、壁は白い。日本の警察署とは似ても似つかないのだが、雰囲気が共通している。

かつて、日本の地方の警察を訪ねたときも、倉島は同じようなことを感じた。警察はどこでも様子が似てくるのだろうか。

劉警正が受付で来意を告げると、すぐに通してくれた。

捜査員たちがいる階に来ると、ますます雰囲気が日本の警察に似ていると、倉島は感じた。

鄭警正はすぐに見つかった。彼は、倉島と劉警正に気づくと近づいてきて何ごとか言った。

それを劉警正が通訳する。

「まだ何か用かと、彼は言っています」

倉島はこたえた。

「遺体発見現場を調べたいので、いちおうお断りしておこうと思いまして……」

劉警正の通訳を介して、鄭警正との会話が始まった。

「あなたがたは、サイバー攻撃や産業スパイの捜査をしているのだろう。だったら、遺体発見の現場を見る必要などないはずだ」

劉警正の口調なので、比較的丁寧だ。おそらく本当は「おまえらが現場を見る必要なんてない」というようなニュアンスのはずだ。

「おっしゃるとおり、我々はサイバー攻撃について捜査をしていますが、殺人に関心がないわけではありません」

「殺人の捜査は我々の役目だ。だいたい日本の警察に捜査する権限などないはずだ」

これもたぶん「おまえらは引っ込んでいろ」というような言い方なのだろうと、倉島は想像した。

「サイバー攻撃の犯人を見つけることは、殺人犯を見つけることとイコールだと、私は考えています」

「あなたの言い分はわかっている。だからといって、あなたがたに殺人の捜査をさせる気はない」

「我々は好きにしていいはずでしたね」

「殺人の捜査は我々の仕事だ」

鄭警正は同じ言葉を繰り返しているだけのように、倉島は感じた。おそらく、倉島たちに捜査をさせまいとするのは、根拠がないことなのだ。

だから語彙《ごい》が少なくなる。

「好きにしろと言われましたが、あなたに敬意を表して、こうして許可をもらいに来たのです」

倉島は懐柔することにした。「どうか、現場を見ることを許していただけませんか?」

「現場を見てどうするつもりだ?」

「捜査は現場を見なければ始まりません。その場に行けば、何か感じるものがあるはずです」

鄭警正は、しばらく考えていた。

やがて、彼は言った。

「何かわかったら教えろ」

そして彼は踵を返して、倉島たちから離れていった。

倉島は劉警正に確認した。

「現場を見に行っていいということですね?」

「はい」

二人は新北市警察局を出て、車に戻った。

18

助手席の劉警正が、後部座席の倉島に言った。

「驚きました」

倉島は聞き返す。

「何がですか？」

「鄭警正に対して、自由に捜査することを強硬に申し入れるものと思っていました」

「それでは彼が反発するだけです」

「下手に出るのは弱さを見せることだと思っていました」

「それは何というか……、アメリカ的な考え方ですね」

「華人もそうです。どちらかというと、それが世界のスタンダードではないかと思います」

「対立するとエネルギーを消耗します。そのエネルギーはちゃんとした目的のために使ったほうがいいです」

「消耗しても最後に勝てばいいという考え方が普通なのではないでしょうか」

「戦わずして勝つというのが、孫子の兵法の極意でしょう」

「私は孫子をよく知りません」

この言葉を額面どおり受け取ることはできないと倉島は感じた。劉警正はおそらく多くのことを知っている。もちろん、華人としての教養も身につけているに違いない。

「しかし……」

劉警正が言った。「あなたは下手に出ることで、たしかに現場捜査の許可を取るという目的を果たしました。そのやり方は、おおいに勉強になりました」


ニッポンLCに戻る前に、倉島は西本に電話した。

「リストのほうはどうだ？」

「出来上がっています」

「これから遺体が発見された現場を見にいく」

「工場ですね？　了解しました。合流します」

「本社のロビーで待っている」

ニッポンLCに到着すると、張警佐を車に残して、倉島と劉警正は玄関ロビーに行った。

そこには、西本だけではなく、島津や林春美がいたので、倉島は言った。

「お二人もいっしょとは思いませんでした」

林春美が言った。

「工場へ行くには、いくつも関門を通らなくてはなりません」

関門という言い方が古風だと、倉島は思った。

「つまりロックされたドアがいくつもあるということですね？」

「はい。生体認証で私の掌が登録されていますから、ごいっしょします」

島津が言った。

「私のゴルフクラブが使われたというのだから、じっとしてはいられない。私もいっしょに行こうと思ってね」

「わかりました。では行きましょう」

林春美を先頭に一行は工場に向かった。

本社から工場へは一階の廊下でつながっているが、林春美が言ったとおり、途中に何ヵ所か頑丈そうな鉄の扉があり、しっかりと施錠されていた。

ドアを開けるために、林春美が掌をセンサーに押しつけなければならなかった。

倉島は尋ねた。

「工場に行くには、この通路を通るしかないのですか？」

林春美がこたえる。

「本社から工場に向かうためにはここを通ります。しかし、従業員たちは工場の出入り口を使います」

倉島は確認した。

「遺体が発見されたのは玄関でしたが、それとは別の出入り口ですね？」

「はい。従業員用の出入り口があります」

やがて工場の一階フロアにやってきた。そこから玄関が見えている。つまり、遺体が発見された場所の近くということだ。

進んでいくと、警察官にとって馴染みのものが見えてきた。細いテープで描かれたいくつもの円が見えている。

証拠品と見られるものを囲んだ円だ。鑑識が写真を撮るときに使用するものだ。一番目立つのは、人型を描くテープだった。そこに遺体があったということだ。

倉島はそのテープの人型のそばに立ち、周囲を見回した。その位置からは、防犯カメラは見当たらない。

つまり、カメラの死角ということだ。

島津を見ると、彼は青い顔をしている。

床のテープによる人型を見て、そこで人が死んでいるところを想像したのだろう。

倉島は独り言のようにつぶやいた。

「李宗憲は、ゴルフクラブで頭を殴られた上に、タオルのようなもので首を絞められた……」

自分自身の確認のためだったが、劉警正がそれにこたえた。

「はい。そしてここで遺体が発見されたのですね」

「殺害場所はここだろうか」

「さあ、どうでしょう。頭部を殴れば、たいていの場合挫傷《ざしょう》ができて、血が飛び散ります。それが手がかりになることもあります」

テープによる人型の周囲をつぶさに見て回った。床に這《は》いつくばったのを見て、島津が言った。

「警察ってのは、そこまでやるのですね」

倉島は、床に顔を近づけたまま言った。

「証拠を集めるためには何でもします。拭き取ったつもりでも、微細な血痕が残っていたりします」

「そういうものを検出する薬とか装置とか、あるのでしょう？」

倉島はこたえた。

「あります。しかし、こうして眼で確かめないと、警察官というのは安心できないんです」

「何だか、非効率的だな。今度わが社で、捜査の効率を上げるシステムやソフトを考えてみようか」

「それはありがたいですが、結局警察官は、自分しか信じようとはしないんです」

頑固さは警察官にとって弊害もあるが、利点でもある。自分の眼で確かめたものでなければ、他人を説得する材料には使えない。

証拠品というのは、警察官や裁判官を、そして裁判員を説得するためのものなのだ。

倉島は起き上がると、西本が同じように床に伏せているのに気づいた。

その西本が床の一点を指さして言った。

「これを見てください」

倉島が近づいてそこを見た。小さな黒い点が見て取れる。針で突いたような大きさでしかない。

「血痕かもしれない」

劉警正が倉島と入れ代わるようにそれを確認した。

島津が言った。

「私たちにも見せてもらえるかね？」

「申し訳ありません」

倉島が言った。「資料汚染の恐れがあるので、すぐにここを封鎖します」

もし、李宗憲の血液だったら、彼はここで殺害されたと考えていいだろう。あるいは、犯人の血液だという可能性もある。

林春美が言った。

「封鎖するために、何が必要ですか？」

「ここに人が立ち入らないように柵のようなものが必要でしょう。あるいは、床のこの部分を覆うものとか……」

「ガラスのボウルのようなものはどうですか？　わが社では液晶の副産物としてガラス製の食器なども作っています」

「それはいいですね」

「では、持ってきます」

林春美がその場を離れていった。

倉島は劉警正に言った。

「残っている血痕がこれだけというのは、どういうことでしょう」

「犯人は用心深い人物で、犯行後に証拠を残さないようにきれいに掃除をしたのではないでしょうか」

「人を殺したあとに証拠を消すなんて、素人のやることじゃありませんね」

「どうでしょう。最近では、ドラマや映画の影響で、そういうことをやる犯罪者が増えているように思います」

「ですが、一般人ならもっとやることが雑なんじゃないですか？　ここを見てください。あの黒い点以外は、証拠らしいものは何もない」

西本が言った。

「新北市警察局が掃除したんじゃないですかね？」

皮肉まじりの口調だった。

劉警正がそれにこたえた。

「鑑識の記録を取ったあとは、当然掃除しますよ」

倉島は言った。

「鑑識があの黒い点を見逃していたということですね」

「あるいはすでに記録を取っているのかもしれません。問い合わせてみましょう」

「鄭警正に、ですか？」

「鑑識に知り合いがいますので、そちらに尋ねます」

倉島がうなずいたとき、林春美が戻ってきた。手に透明なボウルのようなものを抱えている。

直径は三十センチくらいだろうか。

林春美が言った。

「これを床にかぶせておけばいいのではないでしょうか」

「それはいいですね」

倉島はさっそくそのボウルを黒い点をすっぽり覆うように床に置いた。

立ち上がると倉島は、林春美の隣に陳復国《チエンフーグウオ》がいるのに気づいた。

倉島は陳復国に言った。

「何かご用ですか？」

林春美がこたえた。

「廊下で彼に会いました。遺体発見現場を調べていると伝えると、自分も行きたいと彼が言いまして……」

倉島はさらに尋ねた。

「どうしてあなたが……」

林春美が通訳をしてくれた。

「事件があり、マスコミからの問い合わせが殺到しています。それらをうまく捌《さば》くためにも、事件についての情報が必要です」

最初に会ったときと印象は変わらない。のっぺりとして無表情だ。

「広報担当でしたね」

「そうです」

「ならば、普段は本社にいらっしゃるのではないですか？」

「はい。オフィスは本社にあります」

通訳している林春美は付け加えるように言った。「陳の部屋は、私のオフィスと島津のオフィスの間にあります」

なるほど、島津の部屋の隣は、陳のオフィスだったのかと思いながら、倉島は質問を続けた。

「林さんが陳さんと会ったのは、工場の廊下ですね？」

林春美がこたえた。

「はい、そうです」

「どうして広報担当のあなたが、工場にいらしたのですか?」

陳のこたえを、林春美が日本語で伝える。

「事件が起きたからです。まず、プレスが問い合わせをするのが広報課なんです。私は事態を把握しておく必要がある」

「サイバー攻撃に対処するための会議にも出席されたそうですね」

林春美を介して陳復国がこたえる。

「それも同じ理由です。わが社がサイバー攻撃されたことが一度報道されると、問い合わせが相次ぎましたから」

彼の返答に疑わしい点はないと、倉島は思った。

すると、陳復国が倉島に対して何か言った。それを林春美が日本語に訳した。

「殺人の捜査はどうなっているのですか? 当然台湾の警察が捜査をするものと思っていたのですが、日本の警察が捜査をしているのはなぜですか?」

倉島がこたえる前に、島津が言った。

「それは私が頼んだことだ」

陳復国は、島津のほうを見て何か言った。林春美がそれを日本語で島津に伝えた。

「台湾の警察を信用できないのですか?」

島津がこたえた。

「……というか、もともと林さんに、サイバー攻撃について、倉島さんたちに捜査を頼んではどうかと言われて……」

それを通訳すると、陳復国は怪訝そうな表情で林春美の顔を見つめた。二人は台湾華語で会話を始めた。

劉警正が通訳してくれた。

「サイバー攻撃を受けたのは台湾の法人だ。だから台湾の警察が捜査をすべきなのではないかと、陳復国は言っています。それに対して、林春美さんは、会社の母体は日本企業だし、倉島さんたちはわざわざ日本から来てサイバー攻撃について話を聞いてくれた。彼らに捜査を頼むのは当然のことだと、こたえています」

陳復国は林春美に反論はしなかった。納得したのかどうか、その表情からは判断できなかった。そこに、制服を着た警察官たちがやってきた。劉警正の連絡を受けた鑑識だろう。

彼らの先頭に鄭警正の姿があったので、倉島はうんざりとした気分になった。また彼と言い合いをしなければならないのか。そう思ったのだ。

劉警正が床のボウルを指差し何事か言った。黒い点のことを話したのだろう。鑑識係員たちがすぐに作業を開始した。

鄭警正がその様子を見つめている。何も言わないのが不気味だった。

粛々と鑑識作業が続き、鄭警正は相変わらず何も言わない。

鑑識係員の一人が鄭警正に近づき、何か言った。鄭警正がうなずくと、鑑識係員たちは撤収作業を始めた。

倉島は劉警正に尋ねた。

「鑑識はあの黒い点について、何と言ってるんでしょう」

劉警正が、鄭警正に話しかける。倉島の言葉を伝えているのだろう。

鄭警正がこたえ、劉警正が通訳した。

「警察局に持ち帰って調べてみると言っています」

「鑑識なら、あれが何か見当がつくんじゃないですか？」

劉警正がそれを伝えると、鄭警正が不機嫌そうに言葉を返してきた。

「重箱の隅をつつく日本人がやりそうなことだ。彼はそう言っています」

そして、劉警正は付け加えるように言った。「きっと彼は、警察局の鑑識が見逃したものをあなたがたが見つけたのが悔しいのです」

そうだろうなと倉島は思った。

鄭警正が島津に向かって何か言った。

倉島は劉警正に尋ねた。

「彼は何を言ったのです？」

「あなたは容疑者だ。必ず証拠をつかんで逮捕するからそう思えと……」

それに対して林春美が抗議した様子だった。

鄭警正はうなるように何かつぶやくと、その場を去っていった。

劉警正が通訳する。

「島津さんに容疑をかけるなど、まったく的外れだと、林さんは言いました。それに対して、外国人の味方をするあんたも、台湾人の敵だと……」

「台湾人の敵……」

倉島はその言葉に違和感を覚えた。

鄭警正はいったい、誰を台湾人の敵だと考えているのだろう。日本人がそうだとでも言うのだろうか……。

劉警正が言った。

「まだここにいて調べたいですか？」

倉島は西本を見て言った。

「どうだ？」

西本はかぶりを振った。

「自分はいいです」

「では、引きあげましょう」

島津が倉島に言った。

「我々はどうすればいいのですか？」

「いつもどおりでけっこうです」

「市警察局のほうはだいじょうぶでしょうか？」

「何か言ってきたら、すぐに連絡をください」

「まったく、あの鄭というやつには困ったもんです」

「何とかします」

倉島はそう言うと、劉警正、西本とともにニッポンLCをあとにした。

車に戻ると、西本が言った。

「島津さんが言ったとおり、鄭警正には困ったものです。捜査の邪魔ですよね」

倉島は助手席の劉警正に言った。

「彼は劉警正に対抗心を燃やしているだけではなく、我々に敵愾心《てきがいしん》を抱いているように見えます。なぜだか、心当たりはありますか？」

しばらく間があってから、劉警正の声が聞こえてきた。

「鄭という姓の人はとても多いのですが、台湾人にとっては特別なものなのです」

「鄭という姓がですか？」

「はい。話が長くなるかもしれないので、警政署に戻ってお話ししましょう」

張警佐が車を出し、一行は警政署に向かった。

19

警政署の小会議室に戻ったのは午後二時二十分頃のことだった。

倉島は劉警正に言った。

「鄭という姓が特別だというのは、どういうことですか？」

「まあ、座りましょう」

そう言われて、倉島は椅子に腰を下ろした。椅子はいくつもあるが、座る場所はいつしか決まるものだ。たいていは、最初に座った席が定席となる。

西本も椅子に腰かけた。二人とも最初に座った席だった。

劉警正が着席すると言った。

「鄭成功《ていせいこう》をご存じですか？」

「名前は聞いたことがあります。たしか、近松門左衛門《ちかまつもんざえもん》の『国性爺合戦《こくせんやかっせん》』のモデルですね」

「鄭成功は明《みん》代の生まれで、漢民族の明が倒れて、満州族の清《しん》王朝ができると、明王朝復興を目指して、父親の鄭芝龍《しりゅう》とともに清に対する抵抗運動を続けます」

西本が言った。

「清に対する抵抗……？　それ、台湾とどういう関係があるんですか？」

劉警正の説明が続いた。

「父親の鄭芝龍が清に投降し、その後鄭成功は南京で大敗します。態勢を立て直すために、台湾を拠点にしようと考えます。当時、台湾はオランダ東インド会社が統治していたのですが、ゼーランディア城の戦いで彼らを打ち負かして台湾から一掃しました」

「鄭成功という人が台湾に政権を樹立したということですか？」

「彼は台湾を東都と呼び、『反清復明』の足がかりにしようとしたのです。しかし、間もなく彼は病死してしまいます。その後を息子の鄭経《けい》が継ぎましたが、結局、清朝の攻撃を受けて降伏してしまいます」

西本は興味を持った様子で、劉警正の話に聞き入っている。劉警正が説明を続けた。

「鄭一族による台湾統治は実質二十年あまりに過ぎませんでしたが、それでも、台湾では『開発始祖』『民族の英雄』と尊ばれているのです」

倉島は言った。

「鄭警正は、その鄭成功の末裔《まつえい》なのですか？」

「それはわかりません。しかし、鄭警正はそう信じているようです。それ故に彼は熱烈な愛国者で、台湾は確固とした独立を維持しなければならず、何人《なんぴと》にも台湾には手を出させないと強く思っているのです」

「それは、我々も同感ですが……」

そう発言したとき、倉島の頭の中にあったのは中国だ。

「政治だけでなく、経済においても、台湾は独立を保たなければならないと、鄭警正は考えているようです。ですから、外国人に対しては厳しい眼を向けます」

西本が言った。

「本省人と外省人の対立というのもあるんでしょう?」

劉警正はかぶりを振った。

「戦後の一時期はそんなこともありました。しかし今はそんな時代ではありません。本省人も外省人も台湾人なのです。第二次世界大戦が終結し、台湾に住んでいた者たちは、一九四五年十月二十五日から、中華民国の国籍を回復したとされたわけです」

「へえ……」

「そのときに中華民国の国籍を回復した男性とその子孫が本省人、そしてそれ以降に中国大陸から移り住んだ者を外省人と呼ぶのです」

「なるほど」

「ところで西本さんは、後に本省人となる人々が一九四五年十月二十五日まで、何人だったかご存じでしょうね?」

「何人だったか……?」

「日本人とされていたのですよ」

「あ、日本の統治時代ですね」

「その五十年にわたる統治時代に、さまざまな形で抗日運動が行われたのですが、現在それを語る人はあまりおりません」

劉警正の口調は淡々としている。それだけに倉島は、日本と台湾の関係の複雑さを強く感じた。日本の統治時代についてかなり感情的に批判を繰り返す国がある。各国の置かれた状況が違うので、一概に比較はできないが、あからさまに批判をするほうがわかりやすいという一面がある。

台湾は親日だと言われる。だが、どこまでが本音なのだろう。額面通り受け取っていいものか、倉島は考えざるを得なかった。

「台湾の中には反日の人もいるということでしょうか？」

倉島がそんな質問をしても劉警正の表情は変わらない。

「物事はそう単純ではありません。ですが、その質問にイエスかノーかでおこたえするとしたら、こたえはイエスです。反日の台湾人はたしかに存在します」

「鄭警正もその一人だということですか？」

「まあ、そういうことになると思います」

「鄭成功の話に戻りますが……」

「はい」

劉警正はうなずいた。

「彼は日本人と中国人のハーフですよね？」

「はい。母親が日本人で、鄭成功自身は今の長崎県平戸で生まれました。幼名は田川福松《たがわふくまつ》です」

「たしか、母と弟が日本に残ったと聞きましたが……」

「そのとおりです。弟は次郎左衛門《じろうざえもん》といいますが、長崎で商売をし、鄭成功の『反清復明』運動を経済面で支えたのです」

「有田焼の柿右衛門様式も、鄭成功によって生み出されたという話も聞いたことがあります」

「清の海禁令によって景徳鎮《けいとくちん》の焼き物の商売ができなくなり、鄭成功が赤絵の技術を有田に持ち込んで大量に焼かせたのが始まりです」

「鄭成功は日本との関わりも深いわけですね」

「はい」

「鄭警正は、自分を鄭成功の末裔だと信じているということでしたね？」

「末裔どころか、自分を生まれ変わりと考えているかもしれません。それくらいに思い入れが強いのです」

「でも……」

西本が言った。「それって、理屈に合いませんよね……」

劉警正が聞き返した。

「理屈に合わない……？」

「だって、そうでしょう。鄭成功のお母さんは日本人で弟も日本で日本人として生活していたわけでしょう？　そして、有田焼まで作っている。それだけ日本と関わりが深いということです。そんな鄭成功に思い入れが強い鄭警正が反日だっていうのは、理屈に合わないんじゃないですか」

劉警正はかすかにほほえみを浮かべた。

「ですから先ほど、複雑だと申し上げたのです。国と国の関わり、そしてそれに対する人々の思いというのは、多くの要素が入り混じり、とても複雑なのです。私は反日という言葉を使いましたが、それも単純ではありません。ただ憎むだけではなく、考えたくないと思うことも一種の反日でしょう。そして、近親憎悪のような感情もそれに含まれるのだと思います」

やはり、単純に憎悪をぶつけられるほうがわかりやすいのだと、倉島は思った。

西本はしばらく考えてから言った。

「鄭警正の気持ちを理解できたわけじゃないですが、複雑だということだけはわかりました」

劉警正はただうなずいただけだった。

倉島は尋ねた。

「その鄭警正の複雑な思いが、今回の捜査に影響を及ぼしていると思いますか？」

劉警正がこたえた。

「影響はあると思います」

「では、ニッポンＬＣが日本企業であることも、我々警視庁の者が捜査をしていることも、マイナスに作用しますね」

「それは否定できません」

西本がむっとした顔で言った。

「じゃあ、我々は手を引いたほうがいいということですか？」

倉島はかぶりを振った。

「作業を宣言したんだから、今さら手を引くわけにはいかない。やりにくいのを覚悟の上で、捜査を続けるしかない」

そのとき、ノックの音が聞こえた。

ドアが開くとそこに張警佐がいた。彼は劉警正に何事か告げた。

劉警正が即座にそれを日本語にして倉島たちに伝えた。

「ニッポンＬＣから署に連絡があったということです」

倉島は尋ねた。

「何かありましたか？」

「島津さんと林さんが、新北市警察局に連行されたと……」


ニッポンLCに駆けつけると、一階の受付の近くで、広報課の陳復国が倉島たちを待っていた。

劉警正が事情を尋ねた。陳復国はひどく不満げな表情で何事か訴えた。

「突然、刑事たちがやってきて、島津さんと林さんを連れ去ったということです」

「突然やってきて……？」

倉島は信じられない思いで言った。「逮捕状は提示したのですか？」

劉警正がそれを尋ねると、陳復国はかぶりを振った。

「自分は見ていないと、彼は言っています」

「誰か見た人はいないのでしょうか？」

その質問にも、陳復国は首を横に振った。

「誰も逮捕状は見ていないということです。刑事たちは、逮捕状を提示せずに二人を連れ去ったと言っています」

西本が言った。

「鄭警正の嫌がらせじゃないですか？」

劉警正が厳しい表情で言った。

「単なる嫌がらせならいいのですが……」

倉島は言った。

「とにかく、警察局に行ってみましょう」

すると、陳復国が何か言った。

倉島は劉警正に尋ねた。

「何を言っているのですか?」

「島津さんや林さんが犯人のはずがない。見当違いもはなはだしい。そう言っています」

倉島たちが乗り込むと、張警佐が車を出した。

「あの……」

倉島はふと気になって、助手席にいる劉警正に声をかけた。「一つうかがっていいですか?」

「何でしょう?」

「劉警正も、鄭警正のように我々日本人に対して複雑な思いをお持ちなのでしょうか?」

劉警正は正面を向いたままこたえた。

「私は親日ですよ」

この言葉をそのまま信じたいものだが……。倉島はそんなことを考えていた。

新北市警察局に乗り込むと、倉島たちの前に鄭警正が立ちはだかった。

劉警正と鄭警正の言い合いが始まった。倉島はそれを見守っているしかない。やがて、劉警正が日本語で倉島に言った。

「二人に会わせてほしいと言ったのですが、取り調べ中だからそれはできないと言われました」

倉島は言った。

「これは逮捕なのですか？　だったら、逮捕状を見せてもらいたいのですが……」

劉警正がそれを伝えると、鄭警正は冷ややかな眼を倉島に向けて何事かこたえた。それを、劉警正が通訳した。

「二人は任意の取り調べに応じたのだと言っています」

「任意なら、すぐに帰れるはずですね？」

劉警正が鄭警正の言葉を日本語にする。

「何度言えばわかるのか。二人は取り調べに応じることに同意したんだ。彼はそう言っています」

日本では正式に逮捕すると四十八時間以内に送検しなければならない。だから、まず任意で引っ張り事情を聞くことがよくある。対象者の同意があると言えば、時間の制限がなくなるのだ。

もちろん、本当に同意がない場合は違法な捜査ということになる。また、任意同行なら本来、いつでも帰ることができるのだが、たいていは強制捜査と同じように拘束されることになる。

これも違法捜査だが、問題にされることはあまりない。

どうやら、鄭警正はそれと同様のことをやっているようだ。

再び、劉警正と鄭警正の言い合いが始まった。今度は少々長いやり取りだった。

やがて、鄭警正は出ていけというように、右手を振ると、劉警正に背中を向けてその場を去っていった。

劉警正が日本語で言った。

「二人を取り調べるのは何のためだと尋ねると、彼らには殺人の容疑がかかっているのだと、鄭警正は言いました」

倉島はいった。

「何か新たな証拠が見つかったということでしょうか……」

「そうではないようです。今のところ、証拠品は例のゴルフクラブだけでしょう。鄭警正は、それだけで充分だと考えているようです」

「たしかに、あのゴルフクラブは島津さんの持ち物ではありますが……」

「厳しい取り調べで自白させるつもりなのだと思います」

それも日本の警察でしばしば行われることだ。ただし、望ましい捜査ではない。前近代的な捜査の名残と言っていい。

江戸時代には疑わしい者を番所に連れてきて拷問して口を割らせた。戦前・戦中は悪名高い特高がやはり拷問によって自白を強要した。

台湾の警察は、日本統治時代にそうした悪《あ》しき伝統を受け継いだのではないだろうな。倉島はふとそんなことを思ったが、それは考え過ぎだと思い直した。

どんな国の警察も、やることには大差はないはずだ。

劉警正から、鄭成功や日本の台湾統治の話を聞いたばかりなので、そんなことを考えてしまったのだ。

倉島は劉警正に言った。

「物証がゴルフクラブだけだとしたら、とても起訴することはできませんよね」

劉警正は難しい顔で言った。

「しかし、万が一、島津さんか林さんが罪を認める証言をしてしまったら、ちょっと面倒なことになりますね。検察を抱き込んでしまえば、どんな人でも被疑者にすることは可能です」

あってはならないことだが、劉警正が言っていることは間違いとは言い切れない。だから、冤《えん》罪《ざい》がなくならないのだ。

「島津さんや林さんが自白することはないでしょう」

「そう思いたいですが……。言ったでしょう。鄭はなかなか優秀な刑事なのです」

つまり、強引な手段も厭《いと》わないということなのだろう。

「あの……」

西本が発言した。倉島は尋ねた。

「何だ？」

「あまり考えたくないことなんですが、島津さんか林さんが犯人である可能性もありますよね……」

「二人は、我々と食事をしていたんだ。アリバイがある」

「アリバイ工作をするのは不可能じゃないと思います」

「その可能性は検討しなければならない。だが、島津さんが言ったとおり、彼が李宗憲《リーソンシイエン》を殺害する理由がない。李宗憲は、会社をサイバー攻撃から守っていたんだ」

「でも、被害者はスパイだったんですよね？」

倉島は劉警正と顔を見合わせてからこたえた。

「おそらくそうだろう。それが殺害理由なんだと思う」

「李宗憲がスパイだと気づいた島津さんが殺害したというのは考えられませんか？」

倉島はしばらく考えてからかぶりを振った。

「島津さんは役員だ。もしスパイに気づいたとしたら、警備担当に知らせるとかの措置を取るだろう。自ら手を下すとは思えない」

「島津さんもスパイだとしたら、見せしめとか口封じとかの理由で李宗憲を殺害することはあり得ますよ」

「その可能性はゼロではないが……」

「あるいは林さんがスパイだという可能性もあります。彼女なら島津さんの部屋からゴルフクラブを持ち出すことは可能だったでしょう」

「警察官としては、その可能性も検討しなければならないな」

するど、劉警正が言った。

「島津さんも林さんも、犯人ではあり得ません」

倉島は驚いて劉警正の顔を見た。

「犯人ではあり得ない……？」

「はい」

「その根拠は？」

「今は言えません。しかし、間違いないと私は信じています」

「そりゃあ俺も、あの二人が犯人だなんて思ってはいないが……」

劉警正の発言の根拠は何なのだろう。彼は何かを知っていて、倉島たちに隠しているのだろうか。

倉島はそれが気になった。

倉島が考え込んでいると、劉警正が言った。

「自白などしてしまわないうちに、島津さんと林さんを取り戻さないとなりません。鄭警正の同僚か上司と話をしてみます」

劉警正はそう言うと倉島たちから離れていった。話を聞いてくれそうな人を探そうというのだろう。

顔見知りもいないし、台湾華語を話せるわけでもない。ここは劉警正に任せるしかないと、倉島は思った。

20

劉警正がいなくなり、倉島と西本は刑事たちがいる部屋に取り残されて立っていた。

昔、警察の大部屋を公廨《こうかい》などと呼んだそうだが、台湾でその言葉は通じるのだろうか。

倉島がそんなことを考えていると、西本が言った。

「劉警正はああ言いましたが、やっぱり、島津さんと林さんの犯行を完全に否定することはできないと思います」

「どうかな。島津さんがスパイだという前提には、そもそも根拠がないじゃないか」

「自分には充分にあり得ることだと思えますね」

「いや。島津さんは日本の本社からやってきた役員だ。それがスパイというのは、やはり考えにくい」

「どんな組織のどんな立場の人物もスパイになり得ます。倉島さんだって、それくらいのことはご存じでしょう」

「たしかに、上層部にチャンネルを作ろうとするのは諜報活動の常套《じょうとう》手段だが……」

「島津さんは、ターゲットにされたのかもしれません」

「たしかに彼をスパイにできれば敵としては上出来だろうが、しかし……」

「林さんがその任務を遂行したのかもしれません」

倉島は眉をひそめた。

「どういうことだ?」

「島津さんは、技術系の人たちの交流会で林さんと会ったと言っていましたね?」

「ああ。それでヘッドハンティングしたのだと……」

「その出会いが仕組まれていたとしたら……」

「まさか……」

「林さんはハニートラップとして充分に機能すると思いませんか?」

そう問われて、倉島はこたえた。

「思う」

彼女の美貌と有能さになびかない男はいないだろう。ハニートラップを仕掛けたらかなりの確率で成功するはずだ。

「林さんは、島津さんにヘッドハンティングされるように仕向けたんじゃないでしょうか。そして、まんまとニッポンLCに潜り込んだ林さんは、島津さんをもスパイに仕立て上げたんです」

「おまえは彼女のことを不審に思っていたようだな」

「自分たち警視庁の捜査員に、サイバー攻撃の捜査をやらせようとした意図がわからないのです。食事に同席することも多いですし、彼女の行動が腑に落ちないことが多いのです」

「しかし、行確をしても不審なことはなかったのだろう?」

「鄭警正が無茶なことを言ったりで、結局満足な行確はできなかったんです」

西本が言うことは無視できないような気がしてきた。

誰かをスパイにしようと考えたときに、ハニートラップはたいへん有効な手段だ。強い精神力の持ち主でも、想像よりずっと簡単に籠絡されてしまうのだ。

林春美が島津に対してハニートラップを仕掛けたという仮説はかなり説得力があるように思えた。

「それを証明しなくてはならない」

倉島は言った。「憶測だけでは何もできない」

「証拠を見つけるのはたいへんでしょうね。もし、本当にハニートラップを仕掛けたのだとしたら、林はプロだということです。うかつに証拠を残すようなことはしないでしょう。そして……」

「そして？」

「島津と林が組んだら、李宗憲を殺害することはそれほど難しくはなかったでしょうね。二人のオフィスを見てわかりましたが、林は島津のオフィスにかなり自由に出入りできたようですし、本社から工場に行く途中に何ヵ所かあるドアのロックには、林の掌紋が登録されているということでした」

いつの間にか西本は、島津と林を呼び捨てにしている。

「島津さんは技術関係の役員なんだから、当然彼の掌紋も登録されているだろうな」

「つまり、あの二人なら、島津のオフィスからゴルフクラブを持ち出して、本社から工場へ自由に移動できたわけです」

「鄭警正もそう考えているのだろう。だがな、可能だからといって犯行に及んだことを証明できたわけじゃない」

「そうですが、彼らの犯行を否定する証拠も見つかってはいないのです」

「彼らのことを調べる必要があるな」

「それには、劉警正の協力が必要ですね。言葉の問題もありますし、産業スパイの担当者を紹介してもらう必要もあるかもしれません」

倉島はしばらく無言で考えた。

その様子を見て西本が、怪訝そうに尋ねた。

「どうかしましたか?」

倉島はこたえた。

「そのことはまだ、劉警正には話さないほうがいいな」

「どうしてですか?」

「先ほどの発言を聞いただろう。彼は島津さんと林さんが犯人ではないと強く信じているようだ」

「ならばなおさら、ハニートラップ説を話すべきじゃないですか?」

「劉警正は、何か根拠があって言っているのではないかと思う」

「どんな根拠でしょう?」

「それはわからない」

「じゃあ、それを尋ねてみましょう」

「それもちょっと待ったほうがいいと思う」

西本は眉をひそめる。疑問に感じているだけではなく苛立っている様子だ。

「なぜですか?」

倉島はこたえた。

「劉警正が、我々に何か隠し事をしているのではないかという気がしてきたんだ」

「隠し事……？　まさか……。あんなに協力してくれているのに……」

「俺だって彼の協力には感謝している。だけど、それとこれとは別問題だ。島津さんと林さんが犯人ではあり得ないと、彼が言ったとき、違和感があったんだ」

西本は肩をすくめた。

「今さら気を使うことはないでしょう。本人に尋ねてみればいいんですよ」

倉島は西本の言葉について考えてみた。

「そうだな。おまえの言うとおりかもしれない」

そこに劉警正が戻ってきた。

「鄭警正はまだ、二人を帰す気はないようですが、取り調べに立ち会わせてやると言っているそうです」

「よく認めてくれましたね」

「通訳が必要だったのです」

「公式の通訳を使っているのではないのですか？」

「いい通訳を見つけるのは、なかなかたいへんなんです。英語の通訳なら簡単に見つかるのですが……」

「それで、あなたが通訳を買って出たのですね」

「そういうことです」

「では、さっそく取り調べの様子を見にいきましょう」

日本の取調室より広いなと、倉島は思った。台湾は島国なのに、何でも日本より大きなイメージがある。中華文化なのだろう。

ただ多少広いだけで、雰囲気は日本の取調室と同じだった。灰色の壁に灰色の床。そこに飾り気のない机が置かれている。

机の向こうに、林春美がいた。手前に座っているのは鄭警正とその部下らしい男だ。

倉島たちが部屋に入っていくと、鄭警正が厳しい眼で一瞥《いちべつ》した。

林は落ち着いているように見えた。だが、表情は固い。怒っているようにも見えた。殺人の疑いをかけられたことに腹を立てているのだろうか。

鄭警正が何か言い、それに林がこたえた。

劉警正が小声で、倉島と西本のために通訳してくれる。

「ゴルフクラブには被害者の血液が付着していたし、被害者に残る殴打痕とゴルフクラブの形状が一致している。島津が犯人であることに疑いはないと鄭警正は言っています。それに対して林さんは、ゴルフクラブが島津さんのものだからといって、彼が犯人であることの証拠にはならないと反論しました」

鄭警正と林の言葉の応酬が続いた。それを劉警正が通訳してくれる。

いろいろと表現を変えてはいるが、鄭警正が示す犯行の根拠はゴルフクラブしかなく、二人の会話は同じことの繰り返しのようだった。

鄭警正は、本気で島津と林を送検・起訴するつもりでいるのだろうか。そんな疑問さえ浮かんだ。

林は強い視線を鄭警正に向けている。自白などしそうな態度ではなかった。その点は安心できると、倉島は思った。

自白が取れない限り、起訴などはできるはずがない。物証が乏しいのは明らかだ。

林としばらく睨み合った後に、鄭警正が何か言った。劉警正がそれを訳した。

「島津さんと交代だと言っています」

倉島は尋ねた。

「じゃあ、林さんは帰宅していいのですね?」

劉警正が鄭警正に台湾華語で何か言った。今の倉島の言葉を伝えたのだろう。鄭警正の返事が返ってきた。

「帰宅できるはずがないだろう。留置場で待ってもらう。彼はそう言っています」

倉島は抗議した。

「任意の取り調べなんでしょう? 拘束はできないはずです」

それを伝えると、鄭警正は首だけ倉島のほうに向けて睨んだ。

鄭警正の言葉を劉警正が訳す。

「俺のやり方に口を出すなと言っています」

「正しいやり方なら、誰も口出しはしません」

劉警正を通して鄭警正が言う。

「取り調べの立ち会いは許したが、口出ししていいとは言っていない」

それに対して倉島は言った。

「強制捜査ではないのに、被疑者の身柄を拘束するのは、どんな国でも法律違反のはずです」

専制国家でない限りはと、倉島は心の中で付け加えた。

「あなたは弁護士かと、鄭警正は言っています」

劉警正が言った。倉島は言葉を返す。

「警察官も法を大切にしなければなりません」

鄭警正は倉島を無視するように部下に何かを命じた。部下は立ち上がり、林を連れ去ろうとした。

倉島はさらに鄭警正に抗議しようとした。すると、林が言った。

「私はだいじょうぶです」

倉島は林に言った。

「しかし、警察官として許すわけにはいきません」

林は繰り返した。

「だいじょうぶです」

そして、鄭警正の部下と取調室を出ていった。

入れ替わりで島津が連れてこられた。

先ほど林がいた席に座らされた島津はひどく不安そうだった。林とは対照的な態度だった。

やはり西本が言うとおり、島津は林のハニートラップにかかり、スパイに仕立て上げられたのだろうか。ふと倉島の頭をそんな思いがよぎった。

鄭警正が劉警正に何か言った。劉警正がそれを日本語にした。

「私に通訳をやれと言っています」

島津が言った。

「どうして通訳が必要なんだ？　そこに日本人の警察官がいるじゃないか。訊きたいことがあるなら、彼らが質問すればいい」

劉警正がそれを伝えると、鄭警正が怒鳴った。明らかに島津を威嚇している。

劉警正がその言葉を訳す。

「日本人同士の馴れ合いなど聞くつもりはない。本当のことをしゃべるまで帰れないからそう思え」

相手が林のときとは、まったく態度が違う。林が女性だからだろうか。あるいは、彼女が台湾人だからか。おそらくその両方だと、倉島は思った。

鄭警正の言葉を劉警正が訳す形で、尋問が続いた。

「李宗憲を殺した理由は何だ？」

島津は戸惑った様子でこたえる。

「私は彼を殺してなどいない」

「日本人が台湾人を殺したんだ。こんなことは許されない。必ず極刑にしてやるから、そう思え」

「だから、私は殺してなどいないんだ」

「ゴルフクラブを持ち出し、李宗憲を待ち伏せして背後から殴り、倒れたところを背中から馬乗りになって首を絞めた。そうだな？」

「違う。そんなことはしていない」

素人が聞いてもまずい尋問だと思うだろう。こんな取り調べで被疑者が自白するとは思えない。鄭警正はいったい、何を考えているのだろう。倉島は疑問に思った。

鄭警正の言葉が続き、それを劉警正が訳す。

「あの、李宗憲の血がついたゴルフクラブはあなたのものだな？」

「それはそうだが……」

「ゴルフクラブが自分のものだと認めるのだな？」

「たしかに、あのゴルフクラブは私のものだ。しかし……」

「それは罪を認めたのと同じことだ。李宗憲殺しをな」

島津は、助けを求めるように倉島のほうを見た。

「この刑事が言っていることはむちゃくちゃです。こんな取り調べで罪を着せられちゃたまりません」

倉島はこたえた。

「私も、彼の言っていることは理屈になっていないと思います」

鄭警正が怒鳴った。

劉警正が言う。

「日本人同士で話をするなと言っています」

倉島が言い返す前に、鄭警正は尋問を再開した。

「あなたがやったのでなければ、やったのは林春美なのか？」

島津はかぶりを振った。

「林も犯人ではない」

「じゃあ、あんたが犯人なんだ？」

「そうではないと言っている」

「あんたか林のどちらかが犯人に決まっている」

「そんなことはあり得ない」

「あり得ないというのなら、それを証明してみろ」

被疑者が自ら無実を証明する必要はない。証明の義務があるのは罪を問う側だ。

あまりに理不尽な追及なので、倉島はたまりかねて言った。

「ちょっと待ってください。これ以上被疑者の人権を無視するような行いを看過するわけにはいきません」

劉警正がそれを台湾華語で鄭警正に伝えた。鄭警正が言葉を返してくる。

「看過できなければ、どうすると言うんだ？」

「島津さんと林さんを連れて帰ります」

「それは許さないと言っているだろう」

「ならばあなたを訴えます」

すると、鄭警正はふんと鼻で笑った。

「訴えるだって？　自分の立場がわかっていない」

「どういうことですか？」

鄭警正は、立ち上がると出入り口のドアを開け、誰かを呼んだ。二人の男がやってくると、鄭警正は彼らに何かを命じた。

劉警正が鄭警正に抗議した様子だった。だが、鄭警正は取り合わない。

二人の男がそれぞれ倉島と西本の腕をつかんだ。

倉島は劉警正に尋ねた。

「これはどういうことですか?」

「邪魔をしたので拘束すると言っています。日本の法律で言う公務執行妨害の現行犯逮捕です」

しまったと倉島は思った。

鄭警正の理不尽な尋問は、島津への単なる恫喝《どうかつ》ではなかった。倉島への挑発だったのだ。

鄭警正は日本の捜査員の排除を狙っていたのだ。倉島はまんまと挑発に乗ってしまったわけだ。

現行犯逮捕となれば逆らうことはできない。

「抵抗しないでください」

劉警正が言った。「抵抗すれば、それだけ面倒なことになります」

倉島は言った。

「わかっています。しかし……」

劉警正の言葉が続いた。

「私が何とかします」

やってきた男は倉島の腕を乱暴に引っぱった。劉警正の言うとおりに、おとなしくするしかなかった。

倉島は言った。

「島津さんと林さんのことを頼みます」

劉警正はこたえた。

「わかりました」

倉島と西本は手錠こそかけられなかったが、強く腕をつかまれ、完全に犯罪者扱いだった。鉄格子のある小部屋に入れられた。留置場だ。

西本は隣の部屋だった。彼の声が聞こえてきた。

「勾留されるのは、生まれて初めてだなあ」

倉島がこたえた。

「俺だってそうだ」

「こりゃお手上げですね」

「劉警正が何とかしてくれる」

誰かが台湾華語で怒鳴った。たぶん、留置担当官だ。しゃべるなと言っているのだろう。

倉島は声を落として言った。

「こうなったら、何が何でも真犯人を挙げるしかないな」

「そうですけど、何か秘密兵器でもないと起死回生は狙えませんねえ」

また台湾華語の怒鳴り声が聞こえた。

21

留置場は暑く、空気が淀んでいて、コンクリートの床はじめじめしている。とても長居したい場所ではないが、倉島と西本は一時間以上放置されていた。このまま何日も勾留されるのではないかと思うと、さすがにうんざりした。

西本と何か話をすると、また台湾華語の怒鳴り声が飛んでくるに違いない。

ここにいる限り、何もできない。まさか、このまま送検・起訴ということになるんじゃないだろうな……。

倉島がそんなことを思っていると、廊下に近づいてくる足音が聞こえた。複数の足音だ。留置担当官がやってくるのだろうか。もしかしたら、鄭《ジオン》警正がやってきて「送検だ」と告げるのかもしれない。

台湾で前科がつくと、懲戒の対象になるだろうか。日本国内で前科がつくわけではないが、出張中の不祥事だから、処分の対象になるのではないか……。

廊下の角を曲がって、人影が現れた。

それが劉《リウ》警正だったので、倉島はほっとした。彼は見知らぬ男を連れていた。

「こんなことになり、申し訳ありません」

劉警正にそう言われると、怨み言を言うわけにもいかなくなる。

「いえ。我々は平気です。ただ、この先のことが気になります」

「それは、彼がすべて処理します」

劉警正は隣にいる人物を紹介した。「グォ・ヂーチアン検事です」

その人物は名刺を差し出した。鉄格子越しに名刺を受け取るというのは、なかなか経験できることではないなと思いながら、それを見た。

「郭志強」と書かれている。

「検事ですか……」

「はい」

劉警正がこたえた。すると、郭検事が台湾華語で何か言った。冗談でも聞いたときのように面白がっているような口調だ。ちょっと皮肉っぽい表情だと、倉島は思った。

いつものように、劉警正が通訳してくれた。

「鄭警正がやったのですね? まったく、いつものことながら、困ったものです。郭検事はそう言っています」

「いつものこと……?」

西本が言った。「あの人は、いつもこんなことをやっているんですか……」

劉警正がその言葉を台湾華語になおすと、郭検事がこたえた。それを劉警正が日本語にする。

「どんな警察官も、人に言えないような捜査をしたことくらいあるんじゃないですか」

西本は毒気に当てられたように、何も言わなかった。

そのとき倉島は、おやっと思った。劉警正が一瞬だが、嫌そうな顔をしたのだ。今の反応はいったい何だったのだろうと考えていると、劉警正が言った。

「郭検事が、あなた方を不起訴にすると言っています。ですから、これで放免です」

倉島は尋ねた。

「逮捕歴は残りますか？」

劉警正が言った。

「郭検事に確認します」

台湾華語の会話の後に、再び劉警正が言った。

「そんなものは残さない。全部なかったことにする。そう言っています」

西本が言った。

「俺たちが受けた屈辱も、なかったことになるんですね？」

劉警正が西本に言った。

「たいへん申し訳なく思います」

「いや、別に、劉警正に謝ってほしいわけじゃなくて……」

倉島は尋ねた。

「島津さんと林《リン》さんはどうなりました？」

劉警正がこたえる。

「郭検事が解放してくれました」

すると、郭検事が日本語で言った。

「取り調べをするなら、令状を取ってからにしろと言ってやりました」

倉島は郭検事に尋ねた。

「日本語を話されるのですね？」

「劉警正ほどうまくないです。だから、劉警正の通訳が必要です」

本人はそう言っているが、彼の日本語はかなりのレベルだと、倉島は感じた。通常の会話では不自由することはなさそうだ。

郭検事は台湾華語に切り替えて、劉警正に何か言った。劉警正がそれを日本語にした。

「……もっとも、鄭警正が令状を手にしたら、こんなものでは済まないと思うが……。彼はそう言っています」

「もっと無茶をするということですか？」

劉警正はうなずいた。

「強制捜査となれば、彼はさらに強硬な手段を使うでしょう」

「ならば、その前に何とかしないと……」

倉島の言葉に対して、西本が聞き返した。

「何とかするって、どういうことです？」

「殺人の真犯人を見つけるんだ。そうすれば、島津さんと林さんの無実が証明される」

新北市警察局を出ようとしているとき、劉警正の電話が振動した。

「蔡《ツァイ》警佐からです」

劉警正が倉島に日本語で言った。「ニッポンＬＣに、またサイバー攻撃があったということです」

「いつのことですか?」

「詳しいことは蔡警佐に会ってから聞こうと思います。彼は今、ニッポンLCにいるようです」

「では、我々も向かいましょう」

玄関で、郭検事に礼を言うと、彼は日本語で言った。

「鄭を甘く見てはいけませんよ。あいつが令状を手にしたら、私にも島津さんや林さんを助けることはできないかもしれません」

倉島は言った。

「わかりました。できる限りのことをします」

倉島、西本、劉警正の三人はまた、張《チャン》警佐が運転する車に乗り込んで、ニッポンLCに向かった。


本社の玄関を入ると、ロビーで倉島たち一行を待っていたのは、広報課の陳復国《チエンフーグウオ》だった。彼はいつも紺色のスーツを着ている。今日もスーツ姿だった。

ニッポンLCの従業員はたいてい、カジュアルな服装だ。だから彼は目立つ。

倉島が陳復国に尋ねた。

「どうしてあなたがここにいるのですか?」

劉警正が通訳した。

「広報課の役割ですよ」

「俺たちがここに来ることを、どうやって知ったのです?」

「蔡警佐から聞いたのです。彼がいるところにご案内します」

広報課は来訪者の監視役でもあるのだろうか。倉島はそんなことを思いながら、陳のあとについていった。

案内されたのは、先ほど鄭警正たちと話をした会議室だった。

倉島は言った。

「ここなら知っていました。わざわざ案内してもらう必要はなかったのに……」

劉警正を通じて、陳がこたえた。

「案内することが、私の役目ですので……」

部屋の中には蔡警佐、島津、そして林がいた。

倉島は島津に言った。

「だいじょうぶですか?」

島津はこたえた。

「ええ。どうってことありません」

それは強がりかもしれない。

倉島は林春美《チュンメイ》に眼を移した。彼女は、普段とまったく変わらない様子に戻っていた。心理的な動揺は微塵《みじん》も感じない。

劉警正と蔡警佐が台湾華語で会話を始めた。サイバー攻撃の詳細について聞いているのだろう。

しばらくやり取りが続き、その間に、倉島と西本は椅子に腰かけた。

やがて、劉警正が言った。

「犯人は、工場にサイバー攻撃を仕掛けようとしたようです」

「工場に……？　本社のシステムにではなく？」

「はい。侵入されたようですが、工場のシステム担当者たちが対処して、マルウェアの動きを何とか封じ込めたようです」

「被害はなかったのですか？」

「今のところは……。工場のシステムには充分な何かがあるからだと、蔡警佐は言っているのですが、私にはその訳語がわかりません」

　すると林が言った。

「彼は充分な冗長性があると言いました。冗長性というのは複数の予備のシステムを用意することを言います」

　林は技術者でもあるのだ。

　劉警正の言葉が続いた。

「侵入したマルウェアもすでに除去したということです」

「それはよかった」

「しかし……」

「しかし？」

「蔡警佐が言うには、安心できる状況ではないようです」

「工場のシステムに侵入されたからですね」

「そういうことです。つまり、外部のネットワークにつながったということを意味しています。

これは危険な状態だと、蔡警佐は言っています」

「今はどういう状態なのですか？　今も工場のシステムは外部とつながっているのですか？」

劉警正は蔡警佐に確認してから、倉島に告げた。

「いいえ。今はつながっていないそうです。誰かが一時的につなげたのです」

工作員が工場内にいるということだろう。

島津が苛立った様子で、倉島に言った。

「いったい、どういうことなんですか？　工場のシステムを外のネットワークにつなぐって、なんでそんなことを……」

「誰かがそれをやらなければ、工場のシステムに侵入することができないからです」

「私も技術者ですからね。それくらいのことはわかりますよ」

「おそらく、李宗憲《リーソンシイエン》がそれをやることになっていたのでしょう」

「李宗憲が……？」

「しかし、彼はそれを拒んだのだと思います。それで、殺害されました。見せしめの意味もあったのだと思います。その見せしめが功を奏したのかもしれません。別の誰かが本来李宗憲がやるはずだったことを実行したのです」

「誰なんですか」

島津が言った。「うちの技術者たちに、サイバー攻撃の片棒を担がせようとしているのは……」

「それを早急に突きとめなければなりません」

そうしないと、鄭警正が令状を手に入れ、強制捜査を始める。それは今は言わずにおこうと、

「そうしてもらわないと、工場のシステムが危険です。独立したシステムだから安心していたんですが、工作員が入り込んでいるのだとしたら、いつまた外部のネットワークとつなげられるかわかりません。マルウェアを仕込まれたら、本社とは比べものにならないほどの損害が出るでしょう」

島津が言った。

倉島は思った。

倉島はうなずいた。

「もう、猶予はないことは、我々にもわかっています」

「サイバー攻撃をやめさせることはできるのですか？」

「工作員が誰なのかを突きとめれば、工場のシステムの独立性を確保できると思います」

「そのための方策は……？」

倉島と劉警正は顔を見合わせた。劉警正は眼を伏せた。

「今、それを考えているところです」

倉島がこたえると、島津は明らかに落胆したような顔をした。

そのとき再び、劉警正の電話が振動した。

「鄭警正からです」

劉警正は電話に出た。険しい表情になる。

電話を切ると、彼は言った。

「遺体発見の現場にあった、黒っぽい染みの分析結果が出たそうです」

倉島は尋ねた。

「やはり誰かの血痕だったのですか？」

「それについて説明したいので、すぐに来いと言っています」

倉島はうんざりした気分になった。

「あまり会いたくないですね。郭検事が島津さんや林さんを解放したので、腹を立てているでしょうし……」

「またあなたたちを逮捕するようなことはないと思います」

劉警正のその言葉が冗談だとわかるまでちょっと時間がかかった。

倉島は言った。

「行くしかないですね」

島津が尋ねた。

「私たちはどうすればいいですか？」

「オフィスでお仕事に戻ってくださってけっこうです」

「では、そうさせてもらいます」

倉島たちは、新北市警察局に逆戻りすることになった。

待ち受けていた鄭警正が何か言った。劉警正がそれを日本語にする。

「鑑識から報告すると言っています」

鄭警正がうなずきかけると、鑑識係員らしい人物が台湾華語で報告を始めた。

倉島は、劉警正の表情の変化を見ていた。もともと変化が乏しくて表情が読みにくい。このときも、ほとんど反応がなかった。

鑑識係員の報告が終わると、劉警正が日本語で言った。

「あなたがたが発見した床の小さな染みは、血液ではなかったそうです」

倉島は思わず聞き返していた。

「血液ではなかった……？」

「はい。鑑識係員はそう言っています」

「では、何だったのです？」

「靴墨です」

「靴墨……」

「そうです。正確に言うとこげ茶色の靴クリームだったそうです」

すると、西本が言った。

「いや、靴クリームがあんな状態で床に落ちるなんてことがあるんですか？　べたっとこびりついていたというのならわかりますが、黒っぽい点でしたよ」

劉警正がその言葉を台湾華語で鑑識係員に伝え、さらに、返事を日本語にした。

「充分にあり得ることだと、彼は言っています。靴の革の部分ではなく、紐や縫い目に付着した靴クリームが硬化したあとに剝《は》げ落ちると、あのように点状になることがあるそうです」

倉島はうなずいた。

「なるほど、納得できます」

鄭警正が何か言った。劉警正がそれを通訳した。

「新たな証拠でも見つけたと思い、鬼の首でも取ったような気になっていたんだろうが、結果は聞いたとおりだ。あの染みは何の証明にもならない」

「何の証明にもならないかどうかは、捜査次第だと思います」

鄭警正がそれにこたえ、それを劉警正が通訳した。

「床に靴墨が落ちているのは何の不思議もない。鑑識の分析でとんだ時間を取られた。あなたたちは、我々の捜査の邪魔ばかりしている。こんなことを続けていると、勾留だけじゃ済まない。国外退去してもらうことになる」

倉島はそれに反論した。

「あなたに我々を国から追い出す権限はないでしょう」

「私ができなくても、それをできる人物を私は知っている。彼はそう言っています」

こいつなら本当にそのコネを使って俺たちに嫌がらせをしそうだ。倉島がそんなことを考えていると、鄭警正が続けて言い、劉警正が通訳した。

「鑑識の結果を教えてやったんだから、ありがたく思え。さっさと俺の目の前から消えろ」

倉島は言った。

「靴クリームのメーカーや販路の特定はするのでしょうね?」

劉警正がそれを伝えると、鄭警正は一言だけ言葉を返してきた。

「何と言ったのです?」

倉島が尋ねると、劉警正がこたえた。

「我々に任せておけばいい」

通訳された言葉は穏便だが、実は「おまえらの知ったことか」というニュアンスだったのだろうと、倉島は思った。


「鄭警正は、自分らが鬼の首を取ったような気分だったのだろうと言ってましたが」

西本が言った。「それ、向こうのほうですよね」

たしかに、鄭警正は鬼の首を取ったような態度だった。

倉島たちは引き上げるしかなく、警政署に向かった。

今彼らは、張警佐が運転する車の中にいた。

西本の言葉が続く。

「しかし、靴クリームだったとは……。てっきり血痕だと思ったんですがね……」

「こげ茶色の靴クリームだと言っていた」

倉島は言った。「硬化すれば、ちょうど血痕のような色に見えるな」

時間が経った血液は黒っぽく見える。古くなって硬化したこげ茶色の靴クリームも同様だ。

「鄭警正が言ったとおり、床に靴墨が付着しているのは当たり前のことですよね」

西本のその言葉に、倉島はふと考え込んだ。

「そうだろうか」

「え？　そうだろうかって、どういうことです？」

「当たり前のことだろうか……」

「みんな靴をはいて歩いてるんですからね。不思議はないです」

「そうかもしれないが、靴墨と聞いたとき、何か違和感があったんだ」

「なぜです？」

「それがわかれば苦労はしない」

違和感の理由は、倉島自身にもわからない。

西本も思案顔になった。

倉島は助手席の劉警正に尋ねた。

「先ほど言った、靴クリームのメーカーや販路ですが……」

劉警正は正面を向いたままこたえた。

「安心してください。もちろん調べますよ」

「それで何かわかればいいんですが……」

「そうですね」

22

警政署に着き、いつもの会議室にやってくると、倉島は言った。

「鄭警正が令状を取るまで、どれくらい猶予があると思いますか？」

「強制捜査をする根拠さえあれば、申請してから一時間以内に発行されます」

その点は日本と変わらないらしい。

「それは、証拠がそろっていれば、ということですね？」

「そうです」

「島津さんと林さんの自白が取れなかったので、申請ができずにいるのではないですか？」

「そうだと思います。しかし、鄭のことですから、状況証拠をかき集め、何とか判事を説得して令状を手に入れるかもしれません」

「それに要する時間は？」

「鄭次第ですが、最短なら丸一日というところでしょうか。あいつはおそらく、郭検事に挑発されたと感じて、意地でも令状を取る気でいるでしょう」

「島津さんも心配してましたが、いつまた工場にサイバー攻撃があるかわからない状態です。我々に残された時間は少ないということです」

「おっしゃるとおりだと思います」

「では、ここで確認させていただきたいことがあります」

「確認……？」

劉警正は珍しく、表情を曇らせた。「誰に何を確認しようというのですか？」

倉島はその質問にはこたえず、話を始めた。

「島津さんと林さんが怪しいのではないかと、西本が言っているのはご存じですね」

「新北市警察局でそういう話をしましたね」

劉警正が言った。「たしかに、島津さんも林さんも、凶器であるゴルフクラブを島津さんのオフィスから持ち出すことはできたでしょう。しかし、彼らが工場のシステム担当者を殺害する理由が納得できません」

西本がそれにこたえた。

「二人のどちらかが、あるいは両方が産業スパイだったとしたら、殺害する理由はあるという話もしましたよね。李宗憲に工場のシステムに外部からアクセスできるようにしろと命じたが言うことをきかなかった。だから、殺害した……」

劉警正はかぶりを振った。

「それはあり得ません」

「そうでしょうか……」

「はい。あり得ません」

倉島は劉警正に言った。

「新北市警察局で、同じことをおっしゃいましたね」

「同じこと……？」

「はい。島津さんも林さんも犯人ではあり得ないと、あなたは断言されたのです」

「そうでしたか……」

記憶にないのだろうか。それとも、しらばっくれているのだろうか。後者のような気がした。

「たしかにおっしゃいました。そして、俺がその根拠を尋ねたとき、あなたは、今は言えないとおっしゃったのです」

劉警正は口を閉ざした。その表情は変わらない。

倉島はさらに言った。

「今ならその根拠を話してもらえますか？」

劉警正は、まっすぐに倉島を見返している。

詰問しているのは倉島のほうなのに、何だか立場が逆なような気がしてきた。

劉警正がこたえないので、倉島は言葉を続けた。

「西本はこう言うんです。もともとスパイは林さんだったのではないか、と。林さんは、技術者の交流会で島津さんにヘッドハンティングされたのでしたね。西本は、それも仕組まれていたのではないかと言うのです。つまり、島津さんは林さんのハニートラップにまんまと引っかかったのではないかと……」

劉警正は苦笑を浮かべた。

「いや、それは……」

「あなたは、俺たちに何か隠していますね？」

劉警正はこたえない。苦笑も消え失せた。

「捜査上の秘密ですか？　俺たちには言えないことがあるのですね？」

劉警正は一度そらした視線を、倉島に戻した。そして、ふっと肩の力を抜いた。まるで、被疑者が自白を始めるときのようだと、倉島は思った。

「たしかに、私はあなたがたが知らないことを知っています」

「それを教えていただけますか？」

「林のことです」

劉警正が彼女を呼び捨てにするのは初めてだった。

「林さんのこと……？」

「そう。あなたたちがおっしゃるように、林はスパイです」

倉島と西本は顔を見合わせた。

そうではないかという疑いを持ってはいたが、劉警正の口からその事実を聞かされると、やはり驚愕した。西本も同様に驚いた顔をしている。

倉島は言った。

「では、李宗憲を殺害したのは……」

劉警正はかぶりを振った。

「そうではありません。犯人側のスパイではなく、林は我々警政署保安組のスパイなのです。つまり、潜入捜査官というわけです」

「え……」

倉島は再び驚いた。「林さんが警察官だということですか？」

「そうです。私の部下です」

倉島と西本は再び顔を見合わせた。

西本はあまりのことに、あんぐりと口を開けたままだ。

どうしてそれを教えてくれなかったのかと問うのは愚かだと、倉島は思った。保安組のスパイということは、日本でいえば公安のスパイだ。

その身分は厳しく秘匿《ひとく》されなければならない。もし秘密がばれたら、潜入捜査をしている者の命が危ない。

「そのことは、ニッポンＬＣの社員は知らないのですね？」

「誰も知りません」

劉警正は西本を見て言った。「あなたは、林と島津さんの出会いが仕組まれたものなのではないかとおっしゃいましたね。そのとおりです。それを仕組んだのは私です」

西本はまだ口を開けて、目を丸くしている。

倉島はさらに尋ねた。

「鄭警正も知らないのですね？」

「知りません。彼は本気で林を尋問したのです」

「なるほど……」

「公安の倉島さんなら、私が隠していた事情を理解してくださるのではないですか？」

「わかります。潜入捜査官の情報は絶対に洩らしてはいけません。私があなたの立場でも、まったく同じことをすると思います」

「あの……」

西本が劉警正に質問した。「林さんは、ニッポンＬＣに潜入して、何を調べていたのですか？」

「サイバー攻撃についてです。ヒューミント、つまり工作員がニッポンＬＣに送り込まれる可能性を、蔡警佐が指摘しておりました。それを受けて、私が林の潜入作業を計画しました」

「じゃあ、敵のスパイの目星がついているということですか？」

「まだその報告はありません」

「それがわかれば、殺人事件の手がかりにもなりますね」

「はい。林はそのつもりで捜査していると思います」

西本がぱっと倉島の顔を見た。

「起死回生の秘密兵器がありましたね」

倉島はうなずいた。

「鄭警正が令状を取る前に、殺人の被疑者を特定できるかもしれません」

すると劉警正が言った。

「申し訳ありません。実は、もう一つ秘密にしていたことがあります」

「何でしょう」

「私自身も楊《ヤン》警監特階の密命を受けているのです」

「楊警監の密命……？　それはいったい……」

「監察を兼務することです」

「警察官の取り締まりですか」

「はい。対象は、鄭警正です」

劉警正が林に連絡をすると、オフィスに来てくれと言われた。

西本が言った。

「もう午後八時半ですけど、まだ会社にいるんですね」

劉警正がこたえた。

「残業をするのは日本人だけではないのですよ」

倉島は言った。

「高度経済成長の時代に比べて、日本人はそれほど働き者ではなくなりました」

三人はまた、張警佐が運転する車に乗り、ニッポンＬＣにやってきた。今回は陳復国の出迎えはない。時間が遅いせいだろうか。

林のオフィスを訪ねると、彼女は厳しい表情をしていた。にこやかで愛想のいい彼女ではない。これがおそらく本来の顔なのだろうと、倉島は思った。

デスクの前にある二つの椅子に、倉島と劉警正が腰かけた。西本は壁際にあった丸椅子に座った。

林は劉警正が座るまで腰を下ろさなかった。

全員が座ると、劉警正が日本語で言った。

「君の身分について、倉島さんと西本さんに話した」

林は厳しい表情のままうなずいた。

「了解しました」

「その二人以外は、今までどおり、何も知らないからそのつもりで」

「はい」

劉警正が倉島に言った。

「では、質問をどうぞ」

「三年前からここで働いているということでしたね？」

「そうです」

「ここに入社したのは潜入捜査のためですか？」

「島津さんにヘッドハンティングされたからです」

「それは表向きですね？」

「失礼しました。そうこたえることがすでに習慣になっていますので……。実際はおっしゃるとおりです」

自らは「潜入捜査」という言葉を、どんな場面でも絶対に使わない。それくらい徹底しないと自分の身を守ることができないのだ。

「三年間にわたり、内偵を進めていたのなら、かなりのことがわかっているのではないですか？」

「それについては、劉警正にすべて報告しています」

倉島が劉警正を見ると、彼は言った。

「彼女は充分に役割を果たしてくれています」

倉島は林に言った。

「では、今回の殺人の犯人が、すでにわかっているのではないですか？」

林はかぶりを振った。

「私は主に、サイバー攻撃について調べていました。技術者でもありますので……。殺人については、初動捜査にも参加していませんし、犯人を突きとめる立場でもありません」

「そうですか……」

林に訊けばすべて解決。実はそう期待していたのだが、やはりそう甘くはなかった。

西本が小さく溜め息をついたので、彼も同じように思っていたことがわかった。

倉島はさらに尋ねた。

「しかし、サイバー攻撃と殺人事件はつながっているはずです。サイバー攻撃についての捜査でわかったことが、殺人の捜査の手がかりになるのではないでしょうか」

「私の立場では、そこまで考えることはできません」

倉島は劉警正に尋ねた。

「では、上司である劉警正の役目ですね」

劉警正は言った。

「林は、殺害された李宗憲が、工作員としてサイバー攻撃に協力しようとしていたことをすでに突きとめています。あなたが言うように、サイバー攻撃と殺人はリンクしています」

「李宗憲は、誰かに命じられて破壊工作をしようとしていたのですね？」

それにこたえたのは、林だった。

「はい。彼は主体的に破壊工作をしていたわけではなく、社内にいる産業スパイに命じられて動いていたと思われます」

「社内にいる産業スパイ……？　それは誰なのです？」

「まだ特定には至っていません」

林の言葉を引き継いで、劉警正が言った。

「なかなか正体を現しません。日本語では、尻尾をつかませないなどと言うのですよね？」

倉島はさらに林に質問した。

「今回、初めて工場のシステムに攻撃があったわけですね？」

「はい。侵入されたのは初めてです」

「ヒューミントが、工場のシステムを外部のネットワークにつないだのですね？」

「そうです」

「それは誰でもできることなのですか？」

「物理的には容易です。ＬＡＮケーブルをコネクタでつなぐだけですから……。パソコンにＬＡＮケーブルを差し込むのと同じことです。ただ……」

「ただ……？」

「そうは言っても、工場のメインフレームに接続するには、素人では無理だと思います」

それはそうだろう。工場のメインコンピュータとなれば、パソコンとは訳が違う。

「では、工作を実行したのは、技術者だと考えていいですね」

「アクセスのことを考えれば、システム担当者が最も可能性が高いでしょうね」

「工場のシステム担当者は、黄建成《ホアンジイエンチョン》、王柏宇《ワンバイユー》、李宗憲の三人ですね。李宗憲は、工作を命じられ、そのために殺害されたということですね？」

「そして、今回工作をしたのは王柏宇だと思います」

林がはっきりとそう言ったので、倉島は少々驚いた。

「それは確かですか？」

「李宗憲がいなくなると、サイバー攻撃の犯人グループは、次の工作員を見つけなければなりませんでした。そこで眼をつけたのが、王柏宇です。李宗憲と王柏宇は比較的親しかったようで、他の社員に比べると、いっしょにいることが多かったようです」

「犯人グループがその二人と接触したということですね？」

「はい」

「その証拠は？」

「残念ながら、犯人グループはその証拠を残しておりません」

「まあ、そうでしょうね。遠く離れた場所からインターネットを通じて攻撃してくるわけですから……。では、犯人グループはどうやってその二人を工作員にしたのでしょう」

「社内にいるスパイと日常的に接触していたのです」

「そのスパイが誰か、わかっているのですか？」

林が一瞬言い淀んだ。代わりに、劉警正が言った。

「先ほども言ったように、林はその人物を特定するには至っておりません」

倉島は言った。

「でも、目星はついているのではないですか？」

「うかつな発言はできないのです」

西本がもどかしそうに言った。

「二人と接触していたというそのスパイが、李宗憲を殺害した犯人なわけですよね」

劉警正がうなずいて言った。

「そう考えていいでしょう。だからこそ、林は慎重なのです。彼女は殺人の捜査をしているわけではありません。だから、安易に被疑者の名前を口にすることはできないのです」

倉島は言った。

「では、我々の考えについて、林さんから意見をうかがうということでいかがでしょう」

劉警正が言った。

「それがいいと思います。倉島さんには、その人物が誰かわかっているのですね」

「いろいろな条件を考え合わせれば、浮かび上がってくる人物がいます」

「それを聞かせてください」

「林さんが、私と西本にサイバー攻撃の捜査を依頼するように島津さんに勧めたのは、その人物のことを、我々に気づいてほしかったからですね」

倉島の言葉に、林がこたえた。

「当然、そういう期待はありました」

「しかし、潜入捜査官であることを明かすことはできないので、その人物のことを直接我々に伝えることができなかった……。そうですね?」

「はい」

「あなたは、捜査を始めると、その人物が我々にすぐに接触することがわかっていたわけですね」

「おっしゃるとおりです」

「そして、案の定そうなったわけです」

西本が倉島に尋ねた。

「ニッポンLCではいろいろな人が、自分らに接触してきました。スパイはいったい、誰なんです?」

「俺たちが初めてここを訪ねたとき、最初に会いにきたのは誰だ?」

西本は思案顔になった。記憶をたどっているのだろう。やがて彼は言った。

「広報課の陳復国ですね」

23

倉島はうなずいた。

「九月九日、重陽の節句に開かれた会議に、陳復国が出席したということでしたね」

林春美がこたえた。

「サイバー攻撃に対する対応を話し合うための、本社と工場のシステム担当者の会議ですね。はい、その会議にも途中から陳復国が出席していました」

「我々が遺体発見現場を調べているときも、彼は姿を現しました。そのとき、彼は日本の警察が捜査をすることを気にかけている様子でした」

劉警正がうなずいた。

「たしかに、そうでしたね」

「本格的な捜査が始まると、彼は常に我々を監視するかのように、しばしば姿を見せました。彼は、捜査の行方を知るために、我々に接触を続けていたのではないでしょうか」

「え……?」

西本が驚いた顔で言う。「じゃあ、産業スパイは陳復国だったんですか?」

林春美は冷静にこたえた。

「彼が李宗憲や王柏宇と何度かコンタクトを取っていたのは事実です」

彼女はパソコンの画面を倉島たちのほうに向けて、マウスを操作した。すると、画面に写真が映し出された。

最初は陳復国と李宗憲がいっしょに写っているもの。それについて、林春美は説明した。

「新北市板橋區にあるレストランです」

西本が聞き返す。

「板橋區……？」

「はい。東京の板橋区と同じ字を書きます。台湾華語の発音はバンチャオです」

林春美がマウスをクリックすると写真が切り替わった。同じく、陳復国と李宗憲の写真だ。

「こちらは、同じ板橋區にあるバーです」

さらに写真が切り替わった。

今度は陳復国と王柏宇との写真だ。

「場所は先ほどの李宗憲といっしょの写真と同じですが、日付が違います。こちらは別のカフェレストランです」

次も陳復国と王柏宇の写真だった。

倉島は確認した。

「社外で接触していたということですね？」

「はい。それも、人目を避けて……」

「その写真ファイルのコピーをいただけますか？」

林春美は劉警正を見た。劉警正がうなずくと、倉島の携帯電話に送ってくれた。

西本が言った。

「陳が産業スパイだったということは、李宗憲を殺害したのも彼ということですね？」

劉警正はうなずいた。

「そう考えるべきでしょう」

倉島は言った。

「彼が産業スパイだとしたら動機がある。そして、彼は凶器のゴルフクラブを誰にも見られずに島津さんの部屋から持ち出すことができた」

「そうですね」

劉警正が言う。「この林のオフィスの隣が陳の部屋。さらにその向こうが島津さんの部屋ですから、島津さんが留守のときにゴルフクラブを持ち出すことは可能ですね」

「でも……」

西本が言う。「部屋から持ち出したとしても、社内でゴルフクラブを持ち歩いたら、いくら何でも目立ちますよね？」

倉島はその言葉に考え込んだ。

「部屋から持ち出したはいいが、犯行に使用するまでに誰かに見られてしまうか……。陳が社内でゴルフクラブを持ち歩いているという目撃情報はなかったんですね？」

それにこたえたのは劉警正だった。

「ありませんでした」

西本が尋ねた。

「防犯カメラにも映っていないんですね？」

「映っていません」

劉警正がかぶりを振ったとき、林春美が言った。

「私もそれについては不思議に思っていました。そして、防犯カメラの映像にこたえを見つけました」

劉警正が聞き返した。

「防犯カメラの映像?」

林春美が再びマウスを操作する。パソコンの画面に動画が映し出された。

陳復国が廊下を歩いている映像だ。いつもの背広姿だ。手に細長い段ボールの筒のようなものを持っている。

西本がつぶやいた。

「何を持っているんだろう……」

林春美がこたえた。

「ポスターなどを梱包するためのボール紙のケースです。広報課の陳復国は、社内に貼ったり、マスコミ向けに配布したりするポスターをよくこうして持ち歩いていました」

倉島は言った。

「なるほど。ゴルフクラブを入れて持ち歩くのにちょうどいい長さですね」

林春美がうなずいた。

「事実、そうやって持ち出したのだと思います」

倉島はさらに言った。

「現場に落ちていた靴墨も、陳復国の犯行を裏付けているように思います」

西本が聞き返した。

「靴墨が……？」

「そう。靴クリームと聞いたときの違和感の理由がようやくわかった。この会社で働く人はみんなかなりカジュアルな恰好をしている。だから、たいていスニーカーを履いているんだ」

「そう言えばそうですね」

「俺が出会った社員の中で、唯一革靴を履いていたのが陳復国だった。しかも、彼の靴はこげ茶色だった」

劉警正が林春美に台湾華語で何か言った。それからすぐに、日本語に切り替えて倉島に言った。

「失礼しました。仕事のとき林とは台湾華語でやり取りをしているもので……」

「何かを質問されたようですが……？」

「犯行があったと思われる日に、革靴を履いていた社員を覚えていないか。そう尋ねたのです」

林春美が言った。

「倉島さんがおっしゃるように、この会社では革靴を履いている人はほとんどいません。当日見かけて覚えているのは、陳復国の他に二人だけ。そして、その二人の靴の色は黒でした」

さすがは潜入捜査官だ。訓練された彼女の記憶は信頼できるだろうと、倉島は思った。

劉警正が言った。

「靴クリームについては、鑑識にもうひと頑張りしてもらわなければならないようですね」

西本が訊いた。

「メーカー等の特定ということですね？」

「はい」

倉島は言った。

「陳が我々の動きを察して、高飛びをする恐れがあります」

劉警正がうなずいた。

「林からの報告を受けて、以前から彼には警政署の捜査員を張り付かせています」

「なんだ……」

西本があきれたように言った。「すべてお見通しだったんですか」

劉警正がかぶりを振った。

「殺人犯だと疑っていたわけではありません。あくまで、産業スパイの容疑でマークしていたのです」

劉警正が新北市警察局の鑑識に連絡を取っていると、別の電話が入ったようだ。相手を切り替えて電話に出た劉警正が告げた。

「陳が動きました。自宅を出て車に乗ろうとしたので、職務質問をしました。スーツケースを持っているようです」

「身柄確保はできますか？」

「すでに確保して、警政署に運んだようです」

倉島は言った。

「我々も行きましょう」

「はい」

劉警正はそうこたえてから、林春美に言った。

「では、任務を続けてくれ」

「了解しました」

二人は倉島と西本のことを気づかったのか、日本語で言葉を交わした。

西本が尋ねる。

「林さんは、まだ潜入捜査を続けるのですか？」

劉警正がこたえた。

「ニッポンLCに対するサイバー攻撃が終わったわけではありません。陳を検挙できたとしても、まだ気を抜けません」

「もうお会いできないのでしょうか？」

すると、林春美はにっこりと笑った。

「そんなことはありません。私はニッポンLCの社員ですから」

まるで別人のように親しみを感じさせる笑顔だ。潜入時のモードに戻ったのだと、倉島は思った。

西本は気圧されたように曖昧な笑顔を返した。

倉島、劉警正、西本の三人が警政署に戻ったのは、午後十時二十分頃のことだった。日本の警察署や警察本部は、二十四時間けっこう賑やかだが、それは台湾も同様だった。

警政署は日本においては警察庁に当たるということだったが、実際にはそれよりも警察本部に近いのではないかと、倉島は思っていた。

警察庁の職員が捜査に当たることはまずないが、警政署では劉警正のように現場で動く職員がたくさんいるようだ。

劉警正によると、陳復国は小会議室にいるという。

行ってみると、彼は会議用の大きなテーブルに向かって座っており、その近くの席に捜査員が二人いた。

劉警正が入室すると、その二人は立ち上がった。

陳復国が台湾華語で何か言う。劉警正がそれを倉島と西本のために訳した。

「これはどういうことなのか説明してくれと言っています」

倉島は言った。

「あなたには、李宗憲殺害の容疑がかかっています」

劉警正がそれを訳して伝えると、陳復国は一瞬むっとした表情になり、それから笑い出した。

彼の言葉を劉警正が通訳した。

「それは何の冗談かと……」

倉島はこたえた。

「もちろん冗談ではありません」

陳復国の言葉を劉警正が伝える。

「とにかく、拘束されるいわれはないので、帰らせてもらう」

「そうはいきません。あなたは、国外かどこかに逃亡するつもりだったのではないですか？　スーツケースを持っていたようですね」

劉警正がそれを訳すと、陳復国はひどく立腹した様子になった。

「とんだ言いがかりだ」

「では、何のための荷造りだったのですか？」

「上海にいる友人のところに行くことになっていた」

「何という友人ですか？」

「その質問にこたえる必要はないはずだ」

「まあ、そうですね。訊きたいことは他にたくさんあります」

その言葉を劉警正が訳すと、陳復国はしばし沈黙した後に言った。

それを劉警正が訳す。

「なぜ私が李宗憲を殺害したなんて妄想を抱いたんだ？　彼はそう言っています」

倉島はこたえた。

「それはあなたが、産業スパイだからです」

そして、倉島が考えた事件の経緯を説明した。

陳復国はまず、李宗憲に工場のシステムに対する工作をさせようとしたがうまくいかなかった。

それで、王柏宇に接触して同様に工作をさせようとした。

王柏宇が渋ったので、見せしめとして李宗憲を殺害した。それを知ると、王柏宇は怯えて工場のシステムを一時的に外部のネットワークとつないだ。

見せしめが奏功し、サイバー攻撃をしかけることができたというわけだ。

話を聞き終えた陳復国は余裕の表情で何か言った。劉警正がその内容を倉島たちに伝える。

「なぜ私が、ハッカーの仲間だなんて思ったんだ？」

倉島は携帯に保存してあった、陳復国が李宗憲や王柏宇といっしょに写っている画像を次々と表示して、陳復国に見せた。

陳が何か言い、それを劉警正が訳す。

「それが何の証明になるのか。会社の同僚と食事をしたり酒を飲んだりしている写真に過ぎない。彼はそう言っています」

倉島は言った。

「李宗憲が殺人の被害者でなければ、そして王柏宇が李宗憲と同じく工場のシステム担当者でなければ、あなたに容疑はかからなかったでしょうね」

陳復国が「相手にできない」というふうにかぶりを振り、吐き捨てるように何かを言った。

倉島は言葉を続けた。

「あなたは、島津さんのオフィスから誰にも気づかれずに凶器のゴルフクラブを持ち出すことができました。これは、オフィスの位置関係からも検証済みです」

劉警正を介して陳復国が反論してくる。

「それが何だと言うのです。ゴルフクラブに私の指紋でもついていましたか？」

倉島は言った。

「凶器に指紋はついていませんでした。しかし、我々は遺体を発見した場所、つまり殺人現場であるものを採取しました」

劉警正を通じて陳復国が尋ねた。

「あるものとは何ですか?」

「こげ茶色の靴クリームです」

倉島は立ち上がり、陳復国のそばまで行って彼の足元を覗き込んだ。「あなたが今履いている革靴に使用する靴クリームですよ」

陳復国は眉をひそめて聞き返した。

「靴クリーム……?」

「そうです。鑑識によると、靴紐や縫い目に付着して硬化したものが、こぼれ落ちたのだろうということでした」

「それが何の証明になるというのです?」

「あなたが、犯行現場にいたことの証明になります」

陳復国はあきれたような表情になった。

「私が工場の玄関ホールにいたって、何の不思議もないでしょう。社員なんですよ」

「その靴クリームを発見したのは、まだ現場への立ち入りが制限されている時期のことです」

「お忘れですか? 私はあなたがたと、あの現場で会っていますよね? そのときに落ちた可能性だってあるでしょう」

「たしかに会いましたが、それは我々が靴クリームを発見した後のことです」

「誰か他の社員の靴から落ちたのかもしれない」

「ニッポンＬＣの社員で革靴を履いているのはごく少数です。犯行の日、あなたの他に二人、革靴を履いている人がいたという証言がありますが、その二人の靴の色は黒でした」

「その日の全社員の靴を調べたのですか？」

「そういうわけではありませんが……」

「だったら、何の証明にもなりません」

陳復国は時計を見て言った。「予定の便に乗り遅れてしまいました。次の便に乗ることにします。空港に行きたいのですが、かまいませんね？」

その言葉を劉警正が倉島に告げたとき、誰かがドアをノックした。

入室してきたのは、警察局の制服を着た人物だった。その人物は劉警正に近づき、何やら耳打ちした。

倉島は尋ねた。

「その人は鑑識ですか？」

「はい。分析の結果を知らせてくれました」

劉警正がそうこたえると、鑑識係員は部屋を出ていこうとした。

その時、鑑識係員の前に立ちはだかるように、鄭警正が現れた。

彼は怒りの表情で、倉島に何か言った。それを劉警正が訳した。

「勝手にうちの鑑識を使って何をやっているんだと、彼は言っています」

倉島はこたえた。

「現場で見つかった靴クリームについて追加で調べてもらいました」

鄭警正が今度は劉警正に向かって何か言った。

おそらく「勝手なことをするな」という意味のことを言っているのだろう。

陳復国が立ち上がって何か言った。自分は帰ると宣言したにちがいない。

それを厳しく制したのは劉警正だった。

さらに文句を言っているらしい鄭警正に対しても、劉警正は厳しい言葉をぶつけた。鄭警正は不機嫌そうな顔でその場に立ち尽くしていた。

陳復国もその場に立ったままだ。

劉警正が一呼吸置いてから陳復国に何事か説明を始めた。

陳復国は、ふんと鼻で笑った。

劉警正が倉島に向かって日本語で言った。

「今、私は陳復国に、鑑識の追加分析の結果を伝えました。靴クリームの成分は分析できましたが、メーカーや販路を特定するには至らなかったのです」

それで、陳復国は「それ見たことか」という顔をしたのだ。

さらに劉警正は陳復国への説明を続けた。

陳復国が苦笑した。

劉警正は日本語で説明した。

「鑑識が再びくまなく現場の床を調べましたが、同様の靴クリームはもう見つかりませんでした」

陳復国が勝ち誇ったように何か言った。

おそらく「あなたたちは何も証明できなかった」というようなことを言ったのだろうと、倉島は思った。
鄭警正もばかにしたような顔で劉警正の言葉を聞いている。
劉警正がさらに説明を続けると、陳復国の顔から笑みが消えていった。
鄭警正も驚きの表情を見せた。
「何を言ったのです？」
倉島は劉警正に尋ねた。

24

劉警正が日本語でこたえた。

「鑑識の報告はもう一つありました。現場の床からは見つかりませんでしたが、別の場所からまったく同じ靴クリームが見つかったのです。それを、陳に知らせました」

「どこから見つかったのです？」

「被害者の衣類です」

「つまり、李宗憲が殺害されたときに着ていた服ですか？」

「そうです。脇腹のあたりに床に落ちていたのとまったく同じ靴クリームが付着しているのが見つかりました。陳復国は、そのことの意味がわかったはずです。私は、陳復国に分析のために靴を貸してくれるように依頼しました」

劉警正が合図をすると、その場に残っていた鑑識係員がうなずいて陳復国が履いている靴を脱がそうとした。陳復国が何か言って抵抗した。

劉警正が通訳した。

「靴の押収には同意しない。私には断る権利があるはずだと言っています」

すると、鄭警正が何か言って、劉警正が訳した。

「いや、その権利はない。殺人の証拠なのだから」

鄭警正がさらに、鑑識係員に何か言った。すると、鑑識係員はかなり強引に陳復国の両足から革靴を奪い取った。

鄭警正が劉警正に何か言った。

劉警正は無言で肩をすくめた。すると、鄭警正は陳復国に近づいて腕を取った。台湾華語によ
る短いやり取りがあり、やがて陳復国は立ち上がった。

鄭警正が倉島と西本を一瞥して、陳復国に手錠をかけた。陳復国は強い抗議はしなかった。そ
して、鄭警正は陳復国を連れて部屋を出ていった。

倉島が劉警正に尋ねた。

「鄭警正に陳の身柄を預けたんですか？」

「新北市内の殺人事件は、彼の管轄ですからね」

すると、西本が言った。

「トンビに油揚ってやつだな……」

劉警正が言った。

「それはどういう意味ですか？」

「つまり、まんまと獲物を取られたってことです」

「ご心配なく。このままでは済ませません」

西本が怪訝そうに眉をひそめる。

「どういうことですか？」

「言ったでしょう。私は監察を兼務していて、対象は鄭警正だと……」

倉島は尋ねた。

「鄭警正は処分を受けることになるのでしょうか？」

劉警正はうなずいた。

「無事に陳復国の送検・起訴が済んだら、本格的に鄭警正の非違行為について検討するつもりです。ちなみに、それについては郭志強検事の協力を得ることになっています」

「わかりました」

倉島は言った。「さて、これで我々の作業も終わりということですね」

西本が倉島に言った。

「何だか実感が湧きませんね……」

「研修の講師として招かれたわけだが、結局、俺たちのほうが勉強になったな」

西本がうなずいた。

「まったくそのとおりです。劉警正には驚きました。まさか、事前に潜入捜査官をニッポンＬＣに送り込んでいて、それを我々にも秘密にしていたなんて……」

すると、劉警正が言った。

「とんでもない。実際の捜査を通じて、おおいに学ばせていただきました」

「いやあ、そんなことを言われても、にわかには信じられないなあ」

西本が言った。「なんか、全然敵《かな》う気がしない」

倉島は言った。

「危機感が違うんだろう。常に中国の脅威にさらされているというのは、やはりインテリジェンスにとって大きな要素だ」

「いや、本音ですよ」

劉警正は言った。「日本の公安の実力には敬服します」

「とにかく、今日は引き上げよう」

倉島は言った。「さすがに疲れた」

劉警正はまだ仕事が残っていると言ってその場に残った。倉島と西本は警政署を出て、大通りを渡り、ホテルに戻った。

25

翌朝の午前九時に、倉島は佐久良公総課長に電話をした。

「作業を終了しました」

「日本企業の台湾法人に対するサイバー攻撃が片づいたということですか？」

「ヒューミントを使って工作しようとしていた産業スパイを排除しました」

「殺人事件は？」

「その産業スパイが殺人の被疑者です」

「わかりました。すぐに帰国してメモを提出してください」

佐久良課長は、相変わらずそっけないが、それがありがたいと感じた。

午前十時に、西本とともに警政署の劉警正を訪ねた。そこに郭志強検事がいた。

彼は日本語で言った。

「陳復国の靴に使用されている靴クリームと、被害者の衣類から検出されたものとが一致しました。動機や凶器のゴルフクラブを持ち歩いた方法については、劉警正から聞きましたので、正式に逮捕・起訴するつもりです」

倉島は言った。

「やはり、あなたは日本語がぺらぺらなのですね」

「そうでもありません。勉強中です」

この言葉も額面通り受け取るわけにはいかない。劉警正といい林春美といい、そしてこの郭検事といい、台湾人はなかなか油断ならないと、倉島は思った。

西本が言った。

「鄭警正はどうなりますか？」

劉警正がこたえた。

「その件で、これから新北市警察局にお二人をお連れしようと思うのですが、いかがですか？」

あとは帰国するだけで、用事もないので、同行すると、倉島はこたえた。

いつものように、張警佐が運転する車で、新北市警察局に向かった。倉島は、黒塗りの車があとに付いてくるのに気づいた。

到着して倉島たちが車を降りると、後続の車も停止して二人の人物が降りてきた。一人は郭検事だったが、もう一人が楊警監特階だったので、倉島は驚いて気をつけをした。

楊警監が、倉島に声をかけてきた。それを劉警正が訳した。

「あなたがたのおかげで、事件が解決しました。お礼を申しますと、楊警監は言っています」

倉島は頭を下げた。

「お世話になりました。こちらこそ、お礼を申し上げます」

楊警監が先頭になって新北市警察局内に進んだ。出会う職員が驚いた様子で気をつけをして道を空けるので、倉島はちょっといい気分になった。

虎の威を借る狐とはこういうことなのだろう。何だかんだ言っても、人間は権威に弱い。『水戸黄門』が人気の所以《ゆえん》だ。

刑事警察大隊の偵査隊に一行がやってくると、その場にいた係員たちが全員起立した。その中に鄭警正の姿もあった。彼は不安気な表情で気をつけをしている。楊警監が劉警正に何かを指示した。すると、劉警正が鄭警正に声をかけた。鄭警正は、即座に近づいてきて、楊警監の前で再び気をつけをした。

郭検事が日本語で言った。

「あなたたちに謝罪することを条件に、鄭警正は懲戒免職を免れることになります」

鄭警正は突っ立ったまま、なかなか謝罪の言葉を口に出そうとはしない。

西本が尋ねた。

「自分らに謝罪すれば、クビにならずに済むってことですか?」

郭検事がこたえた。

「はい。その条件を満たさない場合は、数々の違法捜査と人権侵害で懲戒免職となり、告訴されることもあり得ます」

「でも……」

西本が言う。「本人は謝りたくなさそうですね」

その言葉を受けて、郭検事が鄭警正に何か言った。謝罪を促したのだろう。

「待ってください」

倉島がそう言うと、一同が倉島に注目した。

郭検事が尋ねる。

「どうしました」

「俺は今ここで謝罪を受けたくありません」

郭検事が怪訝そうな顔で倉島を見た。

劉警正がその言葉を台湾華語に訳して楊警監に伝えた。

楊警監が倉島に質問をし、その言葉を劉警正が訳した。

「謝罪を受け容れないということですか？」

倉島はこたえた。

「鄭警正は謝罪することに納得していない様子です。今謝罪を受けたとしても、それは言葉だけのことでしょう」

劉警正が楊警監に通訳している。

郭検事が日本語で言った。

「あなたがたが謝罪を受け容れないとなると、鄭警正は懲戒免職ということになります。それをお望みだということですか？」

倉島はかぶりを振った。

「そうではありません。鄭警正に、差別や偏見や間違った思い込みについて、ちゃんと考えてほしいのです。そうでなければ、監察の意味はないでしょう」

劉警正は倉島と郭検事のやり取りを台湾華語に訳している。それを楊警監と鄭警正が無言で聞いていた。

郭検事が言った。

「それはそうですね」

「鄭警正がそういうことをよく考えた上で、我々やニッポンＬＣの島津さんたちに謝罪をする気になったら、そのときは受け容れましょう」

郭検事が肩をすくめた。

「わかりました。では、それまで鄭警正は処分保留ということになりますね」

劉警正が通訳を一旦中断して、倉島に言った。

「その間も私が彼の言動については注意を払います」

倉島は尋ねた。

「監察の兼務を続けられるということですか？」

「はい。そのように楊警監から指示を受けております」

倉島はうなずいた。

「劉警正にお任せしましょう」

楊警監が鄭警正に何か言った。すると、鄭警正は、仏頂面のまま一礼してその場を離れていった。

少しは反省してくれればいいがと、倉島は思った。差別や偏見をなくすことは不可能だ。それは、個人の感情の問題であると同時に、文化的な防衛意識でもあるからだ。

自分のテリトリーに異分子が入り込むと、人は本能的に警戒し恐れるのだ。差別の根底には恐怖感がある。それが激しい嫌悪の衣を着るのだ。

自分のテリトリーを守るためには闘争が不可避で、それが差別の根源にあるのかもしれない。

だから人間は、心の奥底から差別意識を払拭《ふっしょく》することはできない。それとどう付き合うのかが問題なのであり、さらに問題なのは、その気持ちを社会化するかどうか、なのだと倉島は思う。

差別との戦いには二面性がある。個人の中では自分の差別意識との戦いであり、同時に社会の中に具現化された差別との戦いなのだ。

鄭警正の差別意識をなくすことはできないだろう。それは仕方のないことだ。問題は、彼がその差別意識によって人権侵害をしていることなのだ。警察という立場はそれができてしまうだけに恐ろしい。

職権の乱用や人権侵害がなくなれば、彼が誰に対して何を思っていようと実害はなくなる。実際、そのような解決方法しかないのではないかと、倉島は思っていた。

楊警監が、倉島に何か尋ねた。それを劉警正が訳した。

「帰国する便は決まっていますか?」

「松山《ソンシャン》空港を、午後三時三十五分に発つ便か六時二十五分に出発する便にしようと思っています」

楊警監が時計を見てつぶやき、それを劉警正が訳した。

「もうじき十一時ですね。午後三時三十五分の便だともうあまり時間がない」

倉島は言った。

「幸い、松山空港は街から近いので、タクシーでも充分に間に合います」

それを劉警正が訳すと、楊警監はかぶりを振って倉島に何か言った。

劉警正が通訳した。

「何を言っているのかと、楊警監は申しております」

「え……? 俺は何か間違ったことを言いましたか?」

するとＵ警正は、通訳ではなく自分の言葉で言った。

「楊警監が、いえ、我々台湾警察の者が、このままあなたがたを帰すはずがないでしょう」

「どういうことですか？」

楊警監がはっきりとした口調で言った。それを劉警正が訳した。

「さあ、昼食にしましょう。倉島さんたちとともにする最後の食事です」

あ、そういうことかと、倉島は思った。

西本が言う。

「こりゃ、断れませんよね」

倉島はうなずいた。

「当然だな」

劉警正が言った。

「では、レストランに移動しましょう」

西本が尋ねた。

「え？　すぐにですか？」

「はい。楊警監は、思い立ったらすぐに行動せずにはいられない人なのです」

すると、郭検事が日本語で劉警正に言った。

「私の席もあるだろうね？　私だけ帰れと言うのはなしだ」

「もちろん用意します」

一行は新北市警察局を出て、台北市内に戻った。

大衆店よりちょっとだけ高級という感じのレストランだった。地元の客も多い。

楊警監一行のために、店の奥の広いテーブルが用意されていた。楊警監の右隣が劉警正で、左隣が郭検事だった。そして、楊警監の向かいが倉島、その左隣が西本だ。

野菜や肉そして臭豆腐の煮物、海鮮の揚げ物、さまざまな点心が次々と運ばれてきて、たちまちテーブルの上がいっぱいになった。

「とても食べられそうにないな」

倉島がそう言うと、劉警正を介して楊警監が言った。

「食べきれないほどの料理でもてなすのが、我々の伝統です」

「それは理解しているつもりですが……」

「ご心配なく。残ったものはちゃんと持ち帰りますよ」

楊警監の乾杯で食事を始めてしばらくすると、背後から誰かが近づいてくる気配がした。

楊警監が片手を上げて、その人物に声をかけた。

振り向いて、倉島は驚いた。

島津と林春美の二人がいた。

西本が声を上げた。

「え？　林さん……」

林春美は輝くような笑顔を見せている。潜入捜査官だというのが信じられない。

島津が言った。

「事件を解決してくれたので、本来ならこっちがごちそうしたいくらいなんですがね……」

林春美が楊警監の言葉を島津に伝える。

「とにかく、座れとおっしゃっています」

「ああ、そうだな。では……」

倉島の隣が林春美で、その向こうに島津が座った。

再び乾杯をした。昼間なのに楊警監は平気でビールを飲んでいる。郭検事もビールだ。

劉警正、倉島、西本はジャスミン茶を飲んでいた。

島津がビールを注文すると、林春美が言った。

「じゃあ、私もビールをいただきます」

上司の劉警正のことは気にしていない様子だ。島津の秘書役になりきっているのだ。

「西本さん」

林春美が言った。「言ったとおり、また会えたでしょう?」

「あ、はい……」

西本はしどろもどろだ。

倉島はそっと言った。

「何だおまえ、彼女に興味がなかったんじゃないのか?」

「不思議ですね」

西本が言った。「何かフィルターが落ちたように、彼女が輝いて見えます」

倉島は笑った。

「それで普通だと思うぞ」

楊警監はご機嫌だった。よくしゃべり、よく笑う。

劉警正も笑顔だった。屈託のない明るい笑顔だ。へえ、彼もこんな笑顔を見せるのだな。倉島はそう思った。これまで彼は任務で緊張していたのかもしれない。今はその緊張から解放されたのだろう。

倉島も肩の力が抜けた気がする。

「あの、今まで言いそびれていましたが……」

西本が倉島に言った。

「いろいろとすみませんでした。反省します」

「いいから、食え」

倉島は言った。「帰国前の一時、何もかも忘れて楽しもう」

初出　「オール讀物」二〇二二年五月号〜二〇二三年三・四月号

今野敏（こんの・びん）
一九五五年、北海道生まれ。上智大学文学部卒業。大学在学中の七八年に「怪物が街にやってくる」で問題小説新人賞を受賞。レコード会社勤務を経て、執筆に専念する。二〇〇六年『隠蔽捜査』で吉川英治文学新人賞、〇八年『果断　隠蔽捜査2』で山本周五郎賞と日本推理作家協会賞、一七年「隠蔽捜査」シリーズで吉川英治文庫賞を受賞。ほかに本作を含む「公安外事・倉島警部補」シリーズ、「ST　警視庁科学特捜班」シリーズ、「東京湾臨海署安積班」シリーズなど著書多数。

台北《タイペイ》アセット

二〇二三年十一月十五日　第一刷発行

著　者　今野《こんの》　敏《びん》
発行者　花田朋子
発行所　株式会社　文藝春秋
〒一〇二―八〇〇八
東京都千代田区紀尾井町三―二三
電話　〇三―三二六五―一二一一
印刷所　TOPPAN
製本所　大口製本
組　版　言語社

ISBN978-4-16-391774-0